假面的告白

三島由紀夫　仮面の告白

Yukio Mishima

劉子倩——譯

美──美這玩意太可怕了！換句話說，它完全無法以常理判斷，所以才可怕。因為上帝給人類太多謎團了。在美之中，兩岸可以合一，所有的矛盾可以共存。我沒念過甚麼書，但這件事我可是想得很透徹。神祕是無限的！在這地球上，有太多謎團折磨人類了。若能解開這些謎團，就等於從水中出來卻滴水不沾。唉，美啊！而且我最不能忍受的是，即便擁有美好心靈和卓越理性的偉大人物，往往也是懷著聖母的理想踏出第一步，卻以索多瑪惡行[1]的理想告終。不，還有更可怕的。那就是有些人心懷惡行的理想，同時卻也不否定聖母的理想，就像純潔的青年時代，打從心底燃燒著對美好理想的憧憬。哎，人心實在寬廣，甚至太過寬廣了。如果可以我真想把它縮小一點。嗐，可惡，亂七八糟的都把我搞糊塗了，真是的！這都是因為用理性的

1 索多瑪是《舊約聖經・創世紀》記載的古城，因人民的淫亂與罪孽遭天火毀滅。後用於比喻道德腐敗和性錯亂，尤其是教會嚴禁的男同性戀和戀童癖等悖德的性行為。

眼光看似汙辱的，以感性的眼光看來卻是道地的美。惡行之中真的有美嗎？……

……不過，人還真是喜歡講自己的痛處呢。

——杜斯妥也夫斯基《卡拉馬助夫兄弟》第三篇之三〈熱烈之心的懺悔——詩〉

第一章

很長一段時間，我始終堅稱看過自己出生時的情景。每當我這麼一說，大人就會笑，最後他們開始懷疑自己被耍，於是用微帶憤恨的眼神望著我這不像孩童的蒼白童顏。如果湊巧是在不熟的客人面前這樣說，擔心我被當成白痴的祖母就會厲聲打斷我，叫我去旁邊玩。

笑我的大人，通常試圖用科學的解釋說服我。比方說當時嬰兒還沒睜眼啦，就算睜眼了也不可能在記憶留下清晰的概念云云，或者用多少有點戲劇化的熱情態度想把道理掰碎了詳細解釋，好讓我幼小的心靈也能理解。「你說是不是？」當他們這麼說著，搖晃依然深感懷疑的我瘦小的肩膀，似乎就漸漸察覺他們差點上了我的當。——別看小小年紀還真不能大意，這小傢伙肯定是給我設圈套想問出「那碼事」，既然如此為何不能用更像小孩的天真方式詢問呢？比方說：「我是從哪裡生出來的？我為什麼會出生？」——最後他們總是陷入沉默，含蓄地露出不知為何好像內心非常受傷的淺笑，就這麼望著我。

然而，那是他們想太多。我根本不是要打聽「那碼事」。我本就非常害怕讓大人傷心，怎麼可能想甚麼計策去套話。

不管被怎麼勸說，也不管大人是如何一笑置之，我還是堅信見過自己出生的情景。想必是聽當時的在場者敘述過才留下記憶，再不然就是我自行幻想的。但我總覺得自己分明親眼看見一個地方。那是用來清洗初生嬰兒的臉盆邊緣。剛做好的清新木紋臉盆，從內側看去，邊緣隱約發光。唯有那裡的木紋表面格外耀眼，猶如黃金打造。波光蕩漾，彷彿水舌要舔到那裡偏又舔不到。但那邊緣下方的水面，或許是因為光線反射，抑或那裡也有光線照到，只見柔潤波光映現，粼粼碎光似乎正不斷相撞。

——對這段記憶最有力的反駁，就是我出生的時間並非白天。我是在晚間九點出生的。不可能有日光照射。即便旁人調侃：難不成那是電燈的光？可我還是可以輕易背離常理，認定就算是夜晚也未必不可能只有臉盆那一處照到日光。臉盆波光蕩漾的邊緣，成為我目睹自己出生後初次洗澡的明確印象，在記憶中一再搖曳。

我是在震災[2]過了兩年後出生的。

在那十年前，祖父因殖民地長官時代[3]發生的貪汙案，替部下扛起罪責引咎辭職後（我這麼說絕非賣弄美麗詞藻。祖父對人的那種愚蠢信賴之徹

2 指一九二三年九月一日的關東大地震。
3 作者的祖父平岡定太郎曾任樺太廳長官，因樺太貪汙案辭職。

底，在我這半生中還沒見過任何人堪與相比），家境幾乎是以哼著歌的輕快速度一路走下坡。背負龐大債務，財產被查封，房子也賣了，還有伴隨貧窮而來，猶如負面情緒越演越烈的病態虛榮——而我，就在民風欠佳的城市一隅賃居的老房子出生。那棟房子有唬人的氣派鐵門和前院，以及足有偏遠地區禮拜堂那麼大的西式房間。從坡上看是雙層樓房，若從坡下看則是三層，彷彿被燻得烏漆抹黑，格局略顯複雜，望之令人卻步。屋內有很多陰暗的房間，還有六個女傭。再加上祖父母和我父母，共有十人在這宛如舊衣櫃吱呀作響的房子生活。

祖父的事業心，祖母的宿疾及浪費習性，是全家人的煩惱根源。祖父被一群不靠譜的馬屁跟班拿來的平面圖引誘，經常懷抱黃金夢去遙遠的鄉下旅行。出身古老世家望族的祖母痛恨也瞧不起祖父。她的個性狷介不屈，有著瘋狂的詩意靈魂。腦神經痛的痼疾，間接卻確實地侵蝕她的神經。同時也讓她的理智增加無用的明晰。她這種持續到死的狂躁發作，又有誰知道是祖父壯年時代造孽的後遺症？

父親就在這棟房子，迎娶了柔弱美麗的新娘，我的母親。

大正十四年一月十四日早晨，母親開始陣痛。晚間九點生下不到兩千五百克的小嬰兒。在我出生的第七晚，給我穿上法蘭絨內衣、奶油色絲綢中衣、高級皺綢白點和服後，祖父當著全家的面，在白紙寫下我的名字，放在供品台上擺在壁龕。

我的頭髮一直是金色的。抹了很多橄欖油之後才變黑。父母住在二樓。祖母用在二樓養育嬰兒很危險這個藉口，於我出生第四十九天從母親手中奪走我。就在祖母那間整天密不通風，瀰漫嗆人的疾病與老朽氣息的病房，我被放在病床旁的小床養育。

我出生不到一年，就從樓梯的第三階跌落撞傷額頭。祖母當時去看戲了，父親的堂兄妹和母親因難得偷閒正在熱鬧聚會。母親去二樓拿東西。我追著母親，卻被拖地的衣服下襬絆倒滾下樓梯。

家人連忙打電話去歌舞伎劇院找祖母。祖母回來站在玄關門口，用右手的拐杖支撐身體，直勾勾看著出來迎接的父親，異樣鎮定地用彷彿逐字雕刻的口吻說：

「已經死了嗎？」

「沒有。」

祖母遂如巫女般帶著確信的步伐走進家中。……

——五歲那年的元旦早晨，我吐出紅色咖啡狀物體。主治醫生來了說，「不敢保證救得活。」我像針插包似的被注射樟腦液和葡萄糖。我的手腕和上臂都摸不到脈搏，就這樣過了兩小時。人們看著我的屍體。

我的壽衣和生前喜愛的玩具已備妥，全族的人都來了。又過了快一小時後我尿了。我的博士舅舅說，「有救了。」據說這是心臟開始運作的證據。過了一會我又尿了。微弱的生命之光，徐徐重現我臉上。

那場病——週期性嘔吐症——就此成為我的痼疾。每月總有一次或輕或重的發作。我一再瀕臨病危。單憑病魔朝我走近的足音，我的意識已能分辨那是瀕死重症還是無性命之憂的小病。

兒時最初的記憶，以異樣明確的影像困擾我的記憶，就是在那時開始的。

我不知道牽著我的，是母親還是護士，抑或是女傭或嬸嬸。季節也不確定。午後陽光陰沉照射坡道周遭的家家戶戶。我被那不知是誰的女人牽著手，朝著家門走上坡道。這時有人迎面走下坡來，因此女人用力拽著我的手退到一旁站定。

這段影像被屢屢重複、強化、集中，每次肯定都被添加新的意義。因為在周遭模糊的情景中，唯有那個「走下坡來」的身影帶著不當的精確度。這也難怪，因為這才是威脅我半生的煩惱值得紀念的最初影像。

走下坡來的是一個年輕人。他前後挑著糞桶，頭上綁著骯髒的毛巾，擁有紅潤的美麗臉頰和閃亮的雙眼，雙腳承受重量一步步走下坡。那是幹髒活的——挑糞人。他穿著膠底工作鞋，深藍色緊身褲。五歲的我對這人投以異常的注視。雖還不確定那個意義，但某種力量的最初啟示，某種黑暗奇異的呼聲在呼喚我。它在挑糞人身上的初次顯現，充滿了隱喻。因為屎尿正是大地的象徵。呼喚我的肯定是本源之母帶有惡意的愛。

我預感到這世間有某種火辣辣的慾望。仰望骯髒的年輕人，「我想變成他」的慾望、「我希望自己是他」的慾望緊緊纏繞我。我清楚記得那種慾望有兩大重點。一個重點是他的深藍色緊身褲，另一重點是他的職業。深藍色緊身褲將他的下半身勾勒出清晰輪廓。那輪廓柔韌又有彈性地晃動，似乎正朝我走來。我對那緊身褲產生難以言喻的傾心。我自己也不明所以。

至於他的職業——這時，一如其他小孩打從記事起便憧憬成為陸軍總司令，我心頭也浮現「想成為挑糞人」的憧憬。憧憬的原因固然似乎在深藍色緊身褲，但絕不只是那個因素。這個主題，它本身在我內心被強化發展，出現奇特的演變。

這是因為他的職業讓我對某種尖銳的悲哀、令人痛苦掙扎的悲哀產生憧憬。我從他的職業，感到純屬感覺的「悲劇性事物」。他的職業有某種「挺身而出」感、某種自暴自棄感、某種對危險的親近感、虛無與活力的醒目混合感，這些東西溢出，逼近五歲的我，俘虜了我。或許是我誤解了挑糞人這個職業。或許我聽旁人提過甚麼別的職業，根據他的服裝產生誤會，一股腦套用在他的職業上。否則無法解釋。

因為和這種情緒相同的主題，後來又轉移到電動花車司機和地下鐵剪票員身上。因為我從他們身上強烈感受到我所不知道，而且似乎永遠將我排除在外的「悲劇性生活」。尤其是地下鐵剪票員，當時地下鐵車站內瀰漫似橡膠似薄荷的氣味，和剪票員藍色制服胸前的成排金扣相互作用，輕易促使我產生「悲劇性事物」的聯想。在這種氣息中生活的人，不知怎地總讓我內心聯想到「悲劇性」。在我的感官慾望渴求卻又被我抗拒的某個場所，與我無關逕自進行的那些生活和事件、那些人，就是我對「悲劇性事物」的定義，而我永遠被排除在外的悲哀，總是夢想著轉化至他們及他們的生活之上，我似乎是透過自身的悲哀，勉強試圖加入他們。

如此說來，我感到的「悲劇性事物」，也許是我早早就預感到被排除在外，因此萌生的悲哀投影罷了。

還有一個最初的記憶。

六歲時我已能讀寫。但我當時還看不懂那本繪本，可見那同樣是我五歲時的記憶。

當時在為數頗多的繪本之中，僅有一本，而且僅有那本書中的某一幅跨頁插圖博得我執拗的偏愛。只要凝視它，我便可忘記漫長無聊的午後，而且如果有人走過來，我就會心虛地慌忙翻到別頁。護士和女傭的看護令我不堪其擾。我只想整天盯著那幅插圖過日子。每當打開那一頁就會心跳加快，看其他頁時也心不在焉。

那幅插圖畫的是騎白馬舉長劍的貞德。白馬怒張鼻孔，強壯的前肢踢起沙塵。貞德穿的銀白盔甲上有美麗的徽章。面罩底下露出美麗的容顏，凜然把長劍高舉向藍天，迎向「死亡」，或是迎向擁有某種不祥力量振翅飛起的對象。我深信他在下一瞬間就會被殺。如果急忙翻到下一頁，或許就能看見他被殺的畫面。繪本的插圖或許就會在不知不覺間跳到「下一瞬間」。……

但是有一次，護士隨手翻到那一頁的插圖，對著在旁不斷偷瞄的我說，

「小少爺，你知道這幅畫的故事嗎？」

「不知道。」

「這個人看起來像男人對吧？但她其實是女的喔。是女人打扮成男人去打仗為國盡忠的故事。」

「是女的？」

我深受打擊。我一直相信是他，結果竟然是她。這個美麗的騎士不是男人是女人，那還有甚麼用呢（至今我對女扮男裝仍有根深蒂固難以說明的厭惡）。那尤其像是針對我對他的死懷抱甜美幻想的殘酷復仇，類似我人生中初次遭遇的「來自現實的復仇」。日後，我在奧斯卡．王爾德[4]的以下詩句中，發現對美麗騎士之死的讚美。

遇害陳屍蘆葦叢，
此騎士美麗無儔。……

從此，我扔掉那本繪本，再也沒碰過它。

於斯曼[5]在小說《彼方》中描述，吉爾．德．雷[6]「將來應會轉變成極端精緻的殘虐和微妙的罪惡」的神祕主義式衝動，是因為奉國王查理七世之命護衛貞德，親眼目睹她種種匪夷所思的事蹟後培養出來的。在我的例子中，雖是出於相反的機緣（也就是厭惡的機緣），但貞德這個奧爾良少女同樣占有一席之地。

——還有一則記憶。

那是汗水味。是汗水味驅策我，激起我的憧憬，支配了我。……

如果豎耳靜聽，就會聽見混濁、非常細微、有點嚇人的沙沙聲響。有時還摻雜喇叭聲，聽來單純且異樣哀切的歌聲逐漸接近。我拉著女傭的手，催她「快點快點」，一心急著讓女傭抱我去站在門口。

因為練兵回來的軍隊會從我家門前經過。我總是期待喜歡小孩的士兵會

4 奧斯卡・王爾德（Oscar Wilde，1854-1900），英國作家，唯美主義文學代表者。

5 於斯曼（Joris Karl Huysmans，1848-1907），法國頹廢派作家、藝評家。

6 吉爾・德・雷（Gille de Rais，1404-1440），布列塔尼貴族。協助貞德轉戰各地，後來沉溺神祕思想及惡魔禮拜，最後因大量屠殺幼兒被處死。

送我幾個彈殼。祖母說那很危險，禁止我拿那個，因此這種期待又增添祕密的愉悅。笨重的軍靴聲，骯髒的軍服，扛在肩上的成排槍枝，絕對足以吸引任何孩子。但是真正吸引我，促使我期待向他們索取彈殼的隱藏動機，只不過是他們的汗水味。

士兵們的汗臭，那種宛如海風、被炒成金色的海岸空氣似的氣息，刺激我的鼻孔，令我沉醉。我對氣味最初的記憶或許就是這個。那種氣味，當然沒有直接與性的快感連結，士兵們的命運，他們這個職業的悲劇性，他們的死，他們想必會看見的遙遠異國……對這些東西的感官慾望在我心中徐徐地、根深蒂固地甦醒。

……我在人生中初次邂逅的，就是這些詭異的幻影。它打從一開始便以異常精巧的完整性站在我面前。毫無欠缺。即便日後的我從中尋訪自己的意識或行動的源頭，也毫無任何欠缺。

我從小對人生抱持的觀念，始終不曾脫離奧古斯丁[7]預定論[8]的路線。雖然無益的迷惘一再困擾我，迄今仍令我飽受折磨，但若將這種迷惘視為一種引我犯罪墮落的誘惑，我的決定論[9]顯然已確立不移。我畢生所有不安的菜單，早在我還看不懂時就已給了我。我只需圍著餐巾坐在餐桌前即可。就連現在這樣寫怪異的文章，也早已記載在菜單上，想必我從一開始就看到了。

我的童年是時間與空間對立糾纏的舞台。比方說從大人口中聽來的火山爆發或叛亂軍蜂起等各國新聞，以及祖母在我眼前發病或家中瑣碎的爭執，

7 奧古斯丁（Aurelius Augustinus，354-430），俗稱聖奧古斯丁。羅馬天主教會主教，塑造中世紀神學體系基礎。

8 預定論，強調人類無論得救或毀滅皆早有預定的天主教神學說。

9 決定論，哲學名詞，主張自然現象、歷史事件，尤其是人類意志皆受某種原因規範。

還有我剛剛沉迷的童話世界的幻想事件，這三者，於我而言向來是等價的同一系列。在我看來這個世界並沒有比積木的構造更複雜，我也不相信將來我必須加入的所謂「社會」，會比童話裡的「世間」更光怪陸離。一個限制在無意識中開始。而我所有的幻想，打從一開始，就為了抵抗這種限制，摻雜著出奇完整的、本身就貌似一個熱烈願望的絕望。

晚上我躺在被窩中，看見我的被窩周圍蔓延的黑暗中，浮現燦爛的都市。它奇妙地悄然無聲，而且洋溢光輝與神祕。造訪那裡的人，臉上肯定都蓋著一個祕密戳印。深夜返家的大人們，他們的言行舉止中，留下某種類似暗號或共濟會[10]的東西。而他們的臉上，也有某種閃爍的、令人不敢直視的疲勞。就像碰觸之後會在指尖留下銀粉的聖誕面具，如果伸手碰觸他們的臉，似乎就能知道夜晚的都市用來妝點他們的顏料色彩。

後來，我近距離看見「夜晚」掀起帷幕。那是松旭齋天勝[11]的舞台演出。（當時她難得在新宿的劇院表演，數年後就在同一劇場，我也見過但丁這位魔術師的表演，場面雖比天勝盛大數倍，可是但丁和曾在萬國博覽會演出的哈根貝克馬戲團[12]都沒有像初次看到天勝時那樣令我震撼。）

她用《啟示錄》的大淫婦[13]那種衣裳包裹豐滿的肢體，在舞台上悠然漫步。魔術師特有的流亡貴族般裝腔作勢的優雅，帶有某種沉鬱的嬌媚，還有女中豪傑的舉止，奇妙地與她那身只有便宜貨才會如此金光閃閃的仿冒服裝、江湖女藝人似的濃妝、渾身上下連腳尖都塗滿的脂粉、人工寶石堆砌的華麗手環混合，呈現出某種憂鬱的和諧。甚至可以說就是不和諧落下的陰影的細膩紋理，帶來獨特的和諧感。

---

10 共濟會，基於十八世紀啟蒙主義精神，奉行和平人道主義的國際性祕密組織。

11 松旭齋天勝（1886-1944），明治後期至大正、昭和初年魔術界首屈一指的女魔術師。

12 哈根貝克馬戲團，德國的動物馬戲團。昭和八年初次於東京萬國博覽會表演。

13 《啟示錄》第十七章第四節描述，「那女人穿著紫色和朱紅色的衣服，用金子、寶石、珍珠為裝飾……」

當時我已隱約明白，「想成為天勝」的願望，和「想成為電動花車司機」的願望有本質上的差異。最明顯的不同，是前者堪稱完全欠缺我對那種「悲劇性事物」的渴望。想成為天勝的願望中，我並未體驗到那種憧憬與心虛的惱人混淆。但我還是為了壓抑悸動飽受折磨，某天忍不住偷偷潛入母親的房間打開衣櫃。

我拽出母親的和服中最華麗耀眼的一件。拿起用油畫顏料描繪紅玫瑰的腰帶，像土耳其大官那樣層層纏繞身上，再用皺綢質料的包袱巾裹頭。我站在鏡前一看，這即興製作的頭巾，看起來有點像《金銀島》的海盜頭巾，令我狂喜得滿臉通紅。但我這椿大工程困難的還在後頭。我的一舉一動，乃至我的手指尖、腳趾尖，都必須能夠醞釀神祕感。我把小鏡子插進腰帶，臉上薄施脂粉，接著把棒狀銀色手電筒、造型古典的雕金鋼筆等等，總之只要是光彩耀眼的東西全部帶上。

我就這樣一本正經地闖入祖母的房間。我按捺不住瘋狂的滑稽與喜悅，嚷嚷著：「天勝！我是天勝！」在室內跑來跑去。

當時在場的有病床上的祖母、母親、某位訪客，以及病房專屬的女傭。我的眼中看不見任何人。我的狂熱，集中在自己扮演的天勝正被眾人注視的這個意識，換句話說我只看得見自己。但是不經意間我看見母親的臉。母親似乎臉色慘白，神色恍惚地坐著。當她與我對上眼，立刻垂下眼皮。

我懂了。淚水湧現。

這時我究竟理解了甚麼，或者說被迫理解了甚麼？「還沒犯罪就先悔恨」這個日後的主題，是否此時就已初露端倪？抑或是感受到，置身在關愛的目光下，孤獨看起來是多麼醜陋的這個教訓，同時也從那背後學到了我自己的拒愛方式？

——女傭抓住我。我被帶去別的房間，就像被扯下羽毛的雞，轉眼之間就被剝下這身荒唐的裝扮。

開始看電影後越發刺激我的扮裝慾。這種顯著的傾向持續到十歲左右。

有一次，我和家裡的書生[14]去看《魔鬼兄弟》這齣歌舞劇電影。飾演主角迪亞波羅的演員袖口綴有長蕾絲翻飛的宮廷服裝令我念念不忘。我說我也想穿那種衣服，好想戴那種假髮，書生露出輕蔑的笑容。可我知道，他經常在女傭房間模仿八重垣姬[15]逗女傭們開心。

但是繼天勝之後真正吸引我的是埃及豔后。將近年底的某個下雪天，我催促熟識的醫生帶我去看那齣電影。時值年底因此觀眾不多。醫生把腳翹在扶手上睡著了。——我獨自以好奇的眼神觀看。觀看埃及女王坐在大批奴隸扛著的古怪轎子上進入羅馬。觀看她眼皮塗滿眼影的沉鬱眼神。觀看她身上超自然的衣裳，以及她從波斯地毯中露出的琥珀色半裸身影。

這次我背著祖母和父母（已帶有充分的罪惡的歡愉），狂熱地在弟妹們面前扮演埃及豔后。我對這身女裝期待著甚麼？後來，我在羅馬衰退期的皇帝，那個羅馬古神的破壞者，頹廢主義的帝王獸——埃拉伽巴路斯的身上，發現與我相同的期待。

我就這樣說完了兩種前提。在此有必要複習。第一個前提，是挑糞人和奧爾良少女及士兵的汗水味。第二個前提，是松旭齋天勝和埃及豔后。

還有一個前提必須提及。

我盡可能涉獵了孩童能夠接觸的所有童話，但我並不愛公主。我只愛王子。更愛被殺的王子，注定死亡的王子。我愛所有被殺的年輕人。

但我當時還不懂。為何在那麼多的安徒生童話中，唯獨《玫瑰花精》裡，那名正在親吻愛人留作紀念的玫瑰時，慘遭壞蛋拿大刀刺殺斬首的美麗

14 書生，指寄宿富人家中，幫忙做些雜務，換取食宿的窮學生。
15 八重垣姬，近松半二創作的歌舞伎義太夫狂言《本朝二十四孝》的女主角。

年輕人在我心中落下深刻的影子。為何在眾多的王爾德童話中，只有《漁夫和人魚》裡，那名緊抱著人魚被打上岸的年輕漁夫的屍體深深吸引了我。

當然，我也十分喜愛其他正常的兒童讀物。安徒生童話中我喜歡的是《夜鶯》，也喜歡許多孩子氣的漫畫。但是我的心還是無法遏止對死亡、黑夜和鮮血的嚮往。

「被殺害的王子」的幻影執拗地追逐我。誰能為我解釋，把王子們穿著緊身褲的暴露裝扮，和他們殘酷的死亡連結在一起幻想，為何會如此痛快！在此我要舉出一則匈牙利童話。那原色印刷、極端寫實的插畫，長久以來深得我心。

插畫中的王子，穿著黑色緊身褲和胸前綴有金線刺繡的玫瑰色上衣，披著紅色襯裡翻飛的暗藍色披風，腰纏綠色與金色的腰帶。綠金頭盔、火紅大刀、綠皮箭袋就是他的武裝。他戴著白皮手套的左手持弓，右手搭在森林老樹的枝頭，神色凜然又沉痛，俯視虎視眈眈正要攻擊他的惡龍可怕的血盆大口。他的神情流露必死的決心。如果這個王子命中注定會打敗惡龍贏得勝利，對我的蠱惑想必早已淡去。然而幸運的是，王子注定會死。

只可惜這死亡的命運並不完美。王子為了救妹妹也為了和美麗的妖精女王結婚，必須承受七次死亡考驗，靠著含在口中的鑽石魔力庇佑，他七次都起死回生，最後得享成功的幸福。右邊的插圖就是他第一次死亡——被惡龍咬死——前一刻的情景。後來他有時是「被大蜘蛛抓住，將毒汁刺入他體內後，一口一口吃掉他」，有時是溺死，有時被燒死，有時被毒蜂螫死，有時被毒蛇咬死，有時掉入底部插滿無數尖銳大刀的坑洞，有時被「如大雨」從天而降的無數巨石活活砸死。

「被惡龍咬死」的過程尤其描述得鉅細靡遺：

「惡龍立刻喀哧喀哧咬碎王子。王子被咬成碎片時，痛得難以忍受，但他還是堅強忍住，等他完全粉身碎骨後，身體忽然恢復原狀，翩然飛出惡龍的口中。渾身上下毫髮無傷。惡龍當場倒下死亡。」

這一段我看了上百遍。但我認為有個不容忽視的缺點，那就是「渾身上下毫髮無傷」這一句。看到這句時，我感到被作者背叛，我認為作者犯下嚴重的過失。

之後我無師自通地發明了一個方法。看到這段時，我會把從「身體忽然恢復」至「惡龍」之間的句子用手遮住。於是這本書就呈現理想讀物應有的面貌了。現在它讀來是這樣的：

「惡龍立刻喀哧喀哧咬碎王子。王子被咬成碎片時，痛得難以忍受，但他還是堅強忍住，等他完全粉身碎骨後，當場倒下死亡。」

——這種刪減方式，大人是否覺得讀來不合理？然而這個幼稚、傲慢、容易沉溺於自我喜好的小檢閱官，明知「完全粉身碎骨」和「當場倒下」之間有明顯的矛盾，依然捨不得放棄任何一句。

另一方面，我也喜歡幻想自己戰死或被殺死的狀態來取樂。可我對死亡的恐懼其實更甚於旁人一倍。把女傭欺負哭了之後，隔天早晨看到同一名女傭若無其事地露出開朗笑容前來伺候我用早餐，我就從那笑容讀取到種種意味。那分明是基於十足勝算露出的惡魔的微笑。她八成打算毒死我來報復我。恐懼在我的心頭洶湧翻攪。毒一定是下在味噌湯裡。這麼想的早晨，我絕對不會碰味噌湯。而且用餐完畢離座時，我會死盯著女傭的臉，就像要暗示「妳看到沒有」。而她站在餐桌那頭，似乎因毒殺的企圖被識破，大失所望下遭到嚴重打擊，遺憾地凝視冷透的、甚至漂浮些許塵埃的味噌湯。

祖母體恤我體弱多病，也怕我學壞，嚴禁我和附近的男孩玩，因此我的玩伴除了女傭和護士，就只有祖母從附近女孩中特地為我挑選的三個女孩。只要有一點噪音，房門的用力開關聲、玩具喇叭、摔角……任何明顯的聲音或動靜，都會刺激祖母右膝的神經痛，因此我們的遊戲必須比一般女孩子玩得更文靜。我毋寧更愛獨自看書，玩積木，沉溺於天馬行空的幻想，或者畫畫。後來弟妹們相繼出生，他們在父親的顧慮下（沒有像我一樣交給祖母養育），像正常孩童一樣自由長大，可我並不羨慕他們的自由和粗野。

但是去堂妹家玩過之後情況就變了。就連我，都被要求做一個「男孩子」。在某堂妹——姑且稱她為杉子吧——的家中，就在七歲那年早春，我上小學的前夕去作客時，發生了值得紀念的事件。因為帶我去的祖母，聽到大伯母們滿口誇我「長大了、長大了」被哄得開心，於是破例允許我吃他們端上來的飯菜。由於害怕前面也提過的週期性嘔吐症頻發，直到那年祖母都禁止我吃「青皮的魚」。在那之前說到魚我只知比目魚和鰈魚、鯛魚這些白肉魚，說到馬鈴薯我也只認識壓碎篩過後的薯泥，說到糕點，我被禁止吃有餡的，只能吃單薄的餅乾或威化餅、乾點心，至於水果，我也只吃過切成薄片的蘋果和少量橘子。第一次吃到的青色的魚（是鰤魚），讓我吃得非常滿意。那種美味意味我得到了大人的某種資格，但我的舌尖也不得不略帶苦澀地嘗到，每次這麼感到時都會有的渾身不自在的不安——那是「變成大人的不安」的沉重。

杉子很健康，是個活力充沛的孩子。當我在她家過夜，和她並排躺在一個房間睡覺時，輾轉難眠的我，總是帶著輕微的嫉妒和讚嘆，看她頭一沾到枕頭就像機器輕易入睡。在她家，我比起在自家更自由好幾倍。這裡沒有可能奪走我的假想敵——我的父母，因此祖母也安心地任我自由活動。沒必要像在家中時那樣總是把我拘在她的視線範圍內。

不過，被這麼對待的我，其實無法充分享受自由。我就像病後第一次下床走路的病人，感到被迫履行某種無形義務的拘束。我反而思念起懶散怠惰的被窩。在這裡，我在無言中被要求做一個男孩子。我開始違心的表演。從這時起我開始懵懂理解一個規則：當別人以為我在演戲，對我而言卻是想回歸真實本質的表現；而別人眼中看似自然的我，其實才是我在演戲。

那種違心的演技，讓我說出「來玩打仗遊戲吧」的提議。我的玩伴是杉子和另一個堂妹這兩個小女孩，因此打仗遊戲其實並非合適的遊戲。更何況這兩位亞馬遜女戰士[16]壓根意興闌珊。我之所以提議玩打仗，也是故意唱反調，換言之是故意不討好她們，非要叛逆地刁難一下她們。

薄暮時分，我們無聊地繼續在屋內屋外玩笨拙的打仗遊戲。杉子躲在樹叢後噠噠噠地模仿機關槍的聲音。我認為差不多該就此結束了。於是我逃進屋裡，一看到女兵叫嚷著噠噠噠追來，我立刻按著胸口在房間中央猝然倒下。

「你怎麼了，小公[17]？」

——女兵們神情緊張地湊過來。我眼也不睜手也不動地回答。

「我戰死了呀。」

我想像自己身體痛苦扭曲倒下的模樣暗自竊喜。自己中彈身亡的狀態有種難以形容的痛快。哪怕真的中彈，我大概也不會痛。……

幼年時。……

我遇上那宛如某種象徵的情景。那種情景，對現在的我而言，彷彿幼年本身。看到那個時，我感到幼年即將離我遠去，正朝我揮手訣別。我已預感到，當我的內在時光悉數從我內部升起，被擋在這幅畫前，正確模仿畫中的人物與動態與聲音，完成摹寫的同時，原畫的情景也將融入時光之中，留給我的，只不過是唯一的摹本——也就是我幼年時光的正確標本。無論誰的幼年，想必都有一件這樣的事件。只不過那往往微不足道甚至算不上事件，因此多半不及察覺就過去了。

——那個情景是這樣的。

有一次，夏季祭典的群眾從我家大門蜂擁而入。

祖母事先籠絡了祭典主辦人，請他們為行動不便的祖母自己和我這個孫

16 亞馬遜女戰士（Amazonen），希臘神話中位於小亞細亞，全體皆為女戰士的民族。

17 三島本名平岡公威。

子行個方便，特意讓遊街的隊伍從我家門前經過。本來這裡並非祭典遊行的路線，但在主辦人的帶頭指揮下，隊伍每年已習慣刻意繞點路從我家門前經過。

我和家人們站在門前。蔓草花紋的鐵門左右敞開，門前的石板路用水洗得乾乾淨淨。鼓聲沉悶地接近了。

逐漸連歌詞也聽得字字分明的〈木遣〉[18]哀調，貫穿廟會祭典雜亂無序的喧囂，宣告這表面的瞎熱鬧底下，堪稱真正主題的事物。那彷彿在歌詠人類與永恆極為低俗的交合，或是只能藉由某種虔誠的亂倫來達成交合的悲哀。糾結難解的聲音集團，不知幾時已可分辨出有擔任隊伍前導的錫杖金屬聲，大鼓沉鬱的聲音，扛神轎的眾人七嘴八舌的吶喊聲。我的心潮澎湃（打從那時起，強烈的期待已非喜悅，毋寧是痛苦了），呼吸困難，幾乎站不住。拿錫杖的神官戴著狐狸面具。這神祕的野獸金色的眼睛，似要魅惑我般直勾勾看著我，不知不覺我抓住身旁家人的衣襬，我感到自己已擺出戒備的架式，只等一有機會就要逃離眼前隊伍帶給我近似恐懼的歡愉。打從這時起，我面對人生的態度就是這樣。到頭來，對於等待太久、被事前的幻想修飾過度的東西，除了逃離我別無他法。

之後被眾人扛著綁了七五三繩[19]的功德箱經過，小孩的神轎輕快地跳來跳去經過後，黑色與金色的莊嚴大神轎接近。打從大老遠，便可看見轎頂的金鳳凰如四處漂蕩的波間水鳥，隨著叫嚷聲不斷搖晃得令人眼花，因此帶給我們某種耀眼的不安。唯有那頂神轎的周遭，充斥熱帶空氣般毒辣的無風狀態。那是帶有惡意的怠惰，彷彿在年輕人的裸肩上熱切搖晃。紅白相間的粗繩，黑漆轎身，金色欄杆，緊閉的泥金門扉內，是四尺見方的漆黑，萬里無雲的初夏日正當中，這不停上下左右搖晃跳躍的正方形空洞黑夜，公然君臨

18 〈木遣〉，眾人搬運沉重的木材或石材，或拖曳祭典的神轎時唱的民謠。
19 七五三繩，又稱注連繩。用來區隔祭神的神聖場所，或防止邪神而圍起的草繩。

世間。

神轎來到我們的眼前。穿著整齊劃一的浴衣裸露肌膚的年輕人們，用彷彿神轎自身酩酊大醉的動作，一再向前又倒退地緩緩前進。他們的腳步踉蹌，他們的眼睛不像是看著人間。拿著大團扇的年輕人，發出格外高亢的吶喊，繞著這群人的周遭奔跑鼓動。神轎有時歪斜得很厲害。於是又發出瘋狂的吶喊把神轎豎直。

這時，我家的大人們，不知是否從乍看之下一如往昔四處遊走的隊伍，感受到某種力量即將爆發，突然間，一直拽著我的那隻手把我向後推。有人高喊「危險」。之後發生了甚麼我就不知道了。我被拽著手跑過前院逃走，然後從側門玄關跳進屋內。

我和某人一口氣衝上二樓。我來到陽台，氣喘吁吁看著那群扛神轎的人此刻蜂擁闖入前院。

直到很久之後我還在想，到底是甚麼力量驅使他們如此衝動。我百思不解。那數十名年輕人不管怎麼想都不可能是有計畫地衝進我家門內。

院中植物被痛快地踩爛。這是真正的祭典。我早已看膩的前院，變成了另一個世界。神轎在院子每個角落遊走，灌木被劈里啪啦踩得斷裂。就連到底發生了甚麼，我都難以理解。聲音被中和，彷彿原地凍結的沉默，和無意義的震耳巨響，似乎正交互降臨。顏色也是，金色紅色紫色綠色黃色深藍色白色躍動湧現，有時是金色，有時是朱紅，似乎成了支配全體的一種色調。

然而，唯一鮮明的東西，令我驚訝又哀傷，心中充斥莫名的苦澀。那是扛神轎的眾人舉世最淫亂、最露骨陶醉的神情。……

第二章

這一年多來，我陷入小孩得到奇異玩具後的苦惱。這年我十三歲。

那個玩具動輒膨脹變大，隱約暗示著如果使用得當將會是相當有趣的玩具。問題是到處都沒有寫明使用方法，當玩具開始想跟我玩時，我總是不知所措。這種屈辱與焦躁與日俱增，有時甚至令我想傷害它。但最後，我只能主動向那暗示著甜美祕密的任性玩具屈服，束手無策地看著它肆意變化。

於是我努力試著更虛心地傾聽玩具的嚮往。然後我發現，這玩具分明已具備一定的明確嗜好，自有其秩序。那一系列嗜好和我幼年的記憶混合，源源不斷與夏天曾在海邊看過的裸體青年、在神宮外苑泳池見過的游泳選手、和表姊結婚的黝黑青年、許多冒險小說的勇敢主角一一連結。原來過去我把那一系列和別的詩意系列弄混了。

玩具也同樣朝著死亡、鮮血和堅實強壯的肉體抬頭。我偷偷向家中書生借來的《講談雜誌》首頁有血淋淋的決鬥場面、切腹自殺的年輕武士畫像、士兵中彈後咬牙揪住軍服前襟的手指縫還在滴血的圖片、充其量是小結[20]等級肌肉結實還不算太胖的相撲力士照片……看到這些東西，我的玩具立刻抬起好奇的頭。「好奇的」這個形容詞如果欠妥當，改稱為「愛的」或「慾望的」也行。

我的快感隨著認識這些東西，逐漸有意識有計畫地展開行動。甚至進行選擇與整理。當我覺得《講談雜誌》的首頁圖片構圖有所不足，就會拿彩色鉛筆描摹，再據此進行充分修改。那畫的是胸口中彈跪倒在地的馬戲團青

20 小結，相撲力士的位階。在橫綱、大關、關脇之下。

年，以及從高空摔落跌破頭蓋骨，半邊臉浸在血泊中倒臥的走鋼索藝人，即便在校期間，我也害怕這些藏在家中書櫃抽屜的殘虐圖畫會被發現，以致上課都聽得心不在焉。基於我的玩具對那些東西的喜愛，我實在無法畫出來後就匆匆撕破。

就這樣，我那任性的玩具，別說是首要目的了，就連次要目的——為了所謂「惡習」的目的——也始終無法實現，就此虛度歲月。

我周遭的環境也發生了種種變化。我們全家搬離我出生的房子，分別遷居至某地區相距僅有五十米的兩棟房子。一邊住的是祖父母和我，另一邊住的是父母與弟妹們。後來父親奉官方命令出國，周遊歐洲列國。不久父母一家再次搬遷。父親終於下定遲來的決心，決定趁此機會把我接回自家，因此祖母與我歷經被他命名為「新派[21]悲劇」的訣別後，我終於也搬去父親的新家。這裡和祖父母留在原地的家，已經相隔了很多個國鐵車站及市營電車車站。祖母日夜抱著我的照片哭泣，如果我沒遵守一星期去過夜一次的約定，她就會立刻發病。十三歲的我有個六十歲的深情戀人。

後來父親留下家人隻身調任大阪。

某日，我趁著感冒請假沒上學，把父親從國外帶回來的幾本畫冊拿到房間仔細觀賞。尤其是義大利各都市的美術館介紹，其中的希臘雕刻照片吸引了我。雖然有許多名畫描繪裸體，但還是黑白照片更符合我的喜好。想必只是基於看起來更寫實這個單純的理由。

我現在拿的畫冊，是今天第一次見到。小氣的父親怕小孩的手弄髒畫冊，一直藏在櫃子深處（一方面也是怕我被名畫的裸女吸引，但話說回來，這真是天大的誤會！）因為我對這些畫冊，根本沒有對《講談雜誌》首頁圖片那麼大的期待。——我將剩下不多的書頁向左翻。頓時從那一角，出現了

21　新派，戲劇流派之一，明治時代流行的現代家庭悲劇。

分明只為我、一直在等我的一幅畫像。

那是熱那亞紅宮收藏的圭多・雷尼[22]作品〈聖塞巴斯蒂安〉。以提香[23]風格的憂鬱森林和向晚天空的昏暗遠景為背景，微微傾斜的黑色樹幹就是他的刑架。異常俊美的青年赤裸裸地綁在樹幹上。雙手高舉交叉，綑綁雙腕的繩子繫在樹上。除此之外看不見繩結，覆蓋青年裸體的，只有腰部鬆垮圍繞的白色粗布。

連我也看得出來那應該是殉教圖。但文藝復興末流的耽美折衷派畫家畫的這幅塞巴斯蒂安殉教圖，毋寧洋溢濃郁的異教氣息。因為這堪與安提諾烏斯[24]相比的肉體，沒有其他聖徒身上那種傳教的滄桑和衰老的痕跡，只有青春，只有光芒，只有絢美，只有逸樂。

那白皙得無與倫比的裸體，在薄暮的背景前閃耀生輝。身為禁衛軍早已習慣拉弓揮劍的強壯手臂，以不算勉強的角度被抬高，在他頭髮的正上方，遭到綑綁的手腕交叉。他的臉孔略微仰起，眺望天上榮光的雙眼，洋溢深遠的安寧。無論是挺起的胸膛，緊縮的腹部，略微扭轉的腰身，洋溢的都不是痛苦，而是某種音樂般懶散安逸的搖擺不定。左邊腋窩和右邊側腹如果沒有深深嵌入的箭矢，看起來簡直像羅馬的角力鬥士正倚靠暮色中的庭樹小憩。

利箭深入他緊繃、香氣馥郁、青春的皮肉，他的肉體正要被無上的痛苦與歡愉的火焰從內部燃燒。但是畫家沒有畫出流血，也沒有像其他塞巴斯蒂安圖那樣畫出無數箭矢，只有兩支箭，在他如大理石的肌膚上，猶如落在石階的樹影，落下沉靜端麗的影子。

首先要聲明，以上的判斷和觀察，全是事後才有的。

看到那幅畫的當下，我的全部存在都被某種異教的歡喜壓得扭曲。我的

22 圭多・雷尼（Guido Reni，1575-1642），義大利畫家。作品呈現優美的古典主義傾向。
23 提香（Titian，1490?-1576），義大利文藝復興期的畫家。確立威尼斯派的色彩主義。
24 安提諾烏斯（Antinous，110?-130），羅馬皇帝寵愛的俊美青年。

血液奔騰，我的器官泛出憤怒的顏色。我這變得巨大、幾乎迸裂的身體某部分，前所未有地激烈等待我的行使，它譴責我的無知，憤怒地喘息。我的手在不知不覺中開始沒有任何人教過的動作。我感到晦暗閃爍的東西來勢洶洶地從內部迅速湧現。轉眼之間，已伴隨令人暈眩的酩酊噴發。……

——過了一會，我難堪地環視自己面前的桌子周圍。窗外的楓樹，在我的墨水瓶、教科書、字典、畫冊中的照片、筆記本落下清晰的倒影。那本教科書的燙金書名、墨水瓶的邊角和字典的一角，都沾上白濁的飛沫。那些東西有的汙濁地倦怠滴落，有的發出死魚眼的暗光。……幸好畫冊被我情急之下用手擋住，總算沒弄髒。

這就是我的第一次 ejaculatio[25]，也是第一次笨拙的、突發的「惡習」。

（馬格努斯[26]之以所以將「聖塞巴斯蒂安的畫像」列為性倒錯者偏愛的

繪畫雕刻類第一名，於我是個饒有興味的巧合。從這點可以輕易推測，對於性倒錯者，尤其是先天性倒錯者而言，倒錯的衝動與施虐性衝動交錯難以分辨的情況占了壓倒性多數。

聖塞巴斯蒂安生於三世紀中葉，後來成為羅馬軍隊的禁衛軍隊長，據說只活了三十幾年便因殉教結束短暫一生。他死於西元二八八年，正是戴克里先大帝統治時期。這位平民起家吃過不少苦的皇帝，秉持獨特的溫和主義頗受愛戴，但是副帝馬克西米安厭惡基督教，將遵循基督教和平主義逃避徵兵的非洲青年馬克西米列納斯處死。百夫長馬賽拉斯被處死也是基於同樣的宗教原因。聖塞巴斯蒂安的殉教，在這種歷史背景下不難理解。

身為禁衛軍隊長的塞巴斯蒂安私下皈依基督教，安慰獄中的基督教徒，

25 Ejaculatio，拉丁文的射精。
26 馬格努斯（Magnus Hirschfeld，1868-1935），德國的內科醫生、性學家。

在他遊說市長等人改宗的行動暴露後，被戴克里先判處死刑。遭到萬箭穿心棄屍當地後，一名虔誠的寡婦來替他收屍，發現他的身體仍是溫熱的。他在寡婦的照顧下復活了。但他立刻反抗皇帝，語出不敬褻瀆他們的眾神，因此這次又遭棍棒活活打死。

這個傳說的復活主題，不過是期望出現「奇蹟」罷了。身中那麼多支箭，還有甚麼樣的肉體能夠復活！

為了讓各位更深入理解我強烈的感官歡愉究竟是何種性質，以下特舉出我日後創作的未完成散文詩。

聖塞巴斯蒂安《散文詩》

某日我從教室窗口發現一棵不太高的樹在風中搖曳。看著看著，漸感心潮澎湃。那棵樹美得驚人。在草地上構成略顯圓潤的正三角形，像燭台一樣左右對稱伸展的無數枝椏支撐那沉甸甸的綠蔭，綠蔭下露出如晦暗黑檀台座般屹立不搖的樹幹。極盡完美之精巧，同時也不失「大自然」那種優雅的不羈氣氛，那棵樹彷彿是自己的創造者，堅守明朗的沉默佇立。那的確是作品，而且想必是音樂作品。是德國音樂家為室內樂創作的作品。堪稱聖樂的宗教性沉靜的安逸，就像編織掛毯的圖案，是充滿肅穆與緬懷的音樂。……

所以，樹的型態與音樂的類似，對我而言也具備某種意義，當兩者結合，更強烈更深刻地襲向我時，這難以言喻的靈妙感動，至少絕非抒情的，彷彿可以看見宗教與音樂的交流，就算有那樣晦暗的酩酊也不足為奇。「不就是這棵樹嗎？」——我突然捫心自問。

「這不就是年輕的聖徒雙手反剪被綁在樹上，讓樹幹滴落大量聖血如雨後水珠的那棵樹？這不就是羅馬那棵讓死前痛苦掙扎的年輕肉體（那想必是人間所有快樂與煩惱的最後跡證），用力在樹幹摩擦扭動的樹？」

根據殉教史的說法，就在戴克里先大帝登基後的數年，夢想著擁有無窮權力如鳥兒自由翱翔時，這位身軀柔韌令人聯想到昔日被哈德良皇帝寵愛的知名東方奴隸，眼神叛逆如大海般無情的禁衛軍年輕的隊長，因為信奉禁忌之神遭到問罪被捕。他俊美又倨傲。他的頭盔上插著當地姑娘們每天早上送給他的一朵白百合。百合花在他暫停劇烈的練兵休息時，順著他充滿男子氣概的髮流，優雅垂首的模樣，宛如白天鵝的脖頸。

沒有人知道他是在哪出生來自何方。但人們早有預感。這個擁有奴隸的身軀和王子的容貌的年輕人，是此地的過客。這個恩底彌翁[27]就是牧羊人，他是天選之子，這個牧羊人的牧場比任何牧場都碧綠。

也有一些女孩深信他來自大海。因為在他的心口可以聽見海浪咆哮。因為他的眼中浮現永不消失的神祕水平線，那是生在海邊卻不得不離開的人，眼眸深處遺留的大海贈禮。因為他的吐息熾熱如盛夏的海風，散發被打上岸的海草氣息。

塞巴斯蒂安——這個年輕的禁衛軍隊長，他展現的美，或許就是被殺之美？五感由血淋淋的鮮肉美味和撼動筋骨的美酒滋味培養出來的羅馬健壯女子們，想必早已領悟他自己都還不知道的險惡命運，所以才會愛上他？在他雪白的皮肉底下，鮮血一邊伺機在不久的將來趁那身皮肉被撕裂時迸出，一邊比平時更加凶猛地快速流經全身。這些女人怎麼可能聽不見鮮血如此強烈的渴求！

他並不薄命。絕非薄命。他的命運更加不遜凶險，甚至堪稱光輝耀眼。即便在甜美的接吻中，或許也有雖生猶死之苦屢屢掠過他的眉睫。

他自己也隱約早有預感。在他前方等著他的除了殉教別無其他。將他與俗世分隔的也只有這悲哀命運的記號。

——話說，那天早上，塞巴斯蒂安因軍務繁忙被迫天剛亮就起床。他在拂曉做了一個夢——不祥的烏鵲群集在他胸前，拍翅覆蓋他的嘴巴——那夢

---

27 恩底彌翁（Endymion），希臘神話中的美青年，被月神黛安娜所愛，賜他長眠以保不朽青春。

境依然縈繞枕畔。但他每晚躺的簡陋床鋪，夜夜散發打上岸的海草氣息，誘他夢見大海。他站在窗邊穿上不斷發出刺耳傾軋聲的盔甲，環繞遠方神殿的森林上空，只見瑪查魯星系[28]沉落。望著這異端的壯麗神殿，他的眉宇之間浮現最適合他的，幾乎近似痛苦的侮蔑神情。他稱頌唯一聖神之名，吟詠了兩三句值得敬畏的《聖經》內容。這時那微弱的聲音放大幾萬倍不斷回響，從神殿的方向，分割星空的成排圓柱那邊，傳來響徹四周的呻吟。那聲音在星空鳴響，似是某種異樣堆積開始崩塌的聲音。他微笑了。然後垂落視線，看著在破曉中，一如平日高舉著還在沉睡的百合花，為了晨禱偷偷走上他住處的那群姑娘。……）

中學二年級的深冬時節。無論是穿長褲或彼此直呼名字的習慣（小學時老師命我們必須互稱某某「同學」。而且即便是盛夏也不能穿露出膝蓋的襪子。改穿長褲後最開心的第一件事，就是再也不用被那種強力吊襪帶勒緊雙腿），嘲笑老師的好風氣，去福利社互相請客，在學校森林跑來跑去玩叢林遊戲，乃至宿舍生活，我們都已適應了。但唯獨宿舍生活我仍然很陌生。因為中學一、二年級幾乎是強制性住宿，寵愛我的父母卻以我體弱多病為由，替我申請走讀。而且最大的理由，純粹是因為怕我學壞。

走讀的學生寥寥無幾。二年級最後一學期，這寥寥數人又多了一個新夥伴。此人名叫近江。據說他是因為行為不檢被逐出宿舍。過去我並未注意他，但他身上因這次放逐蓋上了所謂「品行不良」的明顯烙印，頓時令我的眼睛再也離不開他。

「呵呵。」某位身材肥胖脾氣溫和的朋友，帶著露出酒窩的笑臉來找我。這種時候的他肯定是掌握了小道消息。「有件趣事告訴你喔。」

我離開暖氣旁。

28 瑪查魯星系（Mazzaroth），舊約時代的星座名稱。

我和這位好脾氣的朋友來到走廊，倚靠可以俯瞰弓箭場狂風呼嘯的窗口。這裡通常是我們密談的地點。

「近江他啊……」——朋友似乎難以啟齒，臉已經紅了。這個少年在小學五年級時，大家提到那個，他當下否定，他的說詞很妙。「那種事絕對是騙人的。因為我最清楚了。」他聽說朋友的父親中風了，還特地忠告我，中風是傳染病，最好不要太接近那個朋友。

「近江那傢伙幹嘛了？」——雖然在家還是依舊用女人的文雅說話方式，但我到了學校就會刻意言詞粗魯。

「這是真的喔。聽說近江那傢伙已經『有經驗』了。」

這倒是很有可能。近江應該已經留級兩三次了，他的骨骼壯碩，臉部輪廓與眾不同，妝點著某種特權式的青春。他無緣無故藐視一切，天性高傲。只要碰上他，沒有任何東西不值得藐視。只因為好學生是好學生，教師是教師，巡警是巡警，大學生是大學生，公司職員是公司職員，於是就算被他用輕蔑的眼神看待、嘲笑也莫可奈何。

「噢？」

不知為何，我當下忽然聯想到軍訓課保養手槍時近江展現的靈巧手藝。我想起破格受到軍訓課教官和體操課老師寵愛禮遇的他，那種瀟灑的小隊長風采。

「所以……所以……」——朋友憋不住，發出中學生才懂的那種猥瑣的嘻嘻竊笑。「那傢伙的那話兒據說超大。不信下次玩『下流遊戲』時你摸摸看。到時你就知道了。」

——「下流遊戲」在這學校是中學一、二年級必然會流行的傳統遊戲，一如真正的遊戲，與其稱為遊戲更近似一種疾病。大白天就在眾目睽睽下進行。其中一人呆站著，另一人從旁偷窺，找到機會就伸手。只要順利抓住，勝利者就會逃得遠遠的，然後大聲起鬨：

「A的那玩意好大喔，好大喔。」

不管激發這個遊戲的衝動是怎麼來的，遊戲本身的存在，似乎只是為了看受害者把抱在身側的課本之類的通通一扔，只顧著用雙手防禦被狙擊之處的樣子有多可笑。不過嚴格說來，他們也從中發現自己透過大笑獲得解放的羞恥，站在高人一等嘲笑他人的立場，嘲弄臉紅的受害者顯現和大家一樣的羞恥，藉此獲得滿足。

受害者不約而同這麼大叫：

「啊！B你真下流！」

於是周遭的合唱隊就跟著喊：

「啊！B你真下流！」

——近江很擅長這個遊戲。他的攻擊迅速，通常成功得手。甚至令人懷疑是否人人都在暗中等待他的攻擊。相對的，他也屢屢遭到受害者報復。可惜誰也沒有報復成功。他總是把手插在口袋走路，伏兵逼近的同時，他口袋裡的那隻手和放外面的另一隻手就會立刻築成雙重鎧甲。

那個朋友說的話，在我內心培育出某種毒草似的念頭。過去我和其他朋友一樣，抱著非常天真無邪的心態加入下流遊戲。但那個朋友說的話，似乎把我自身無意識中嚴格分辨的那種「惡習」（我的個人生活），和這個遊戲（我的集體生活），放在難以避免的關聯上。朋友那句「你摸摸看」，頓時不容分說地在我心中灌輸了其他天真的朋友無法理解的特殊意味。

從此，我不再加入「下流遊戲」。我害怕我襲擊近江的瞬間，更害怕近江可能會襲擊我的瞬間。每當察覺遊戲即將爆發（實際上，這個遊戲的突然發生，很像暴動或叛亂因不經意的契機爆發），我總是避開人群，站在遠處，目不轉睛地只看著近江一人。

……然而，早在我們意識到之前，近江其實就已開始影響我們。

比方說襪子。當時軍事教育也已侵蝕我的學校，大名鼎鼎的江木將軍「質樸剛健」的遺訓被重提，花俏的圍巾和襪子遭到禁止。我們不能使用圍巾，襯衫必須是白色，襪子是黑色，至少必須是素色。可是唯獨近江，從來不缺白色絲綢圍巾和花紋花俏的襪子。

這項禁令的頭號反抗者，擁有不可思議的手腕，將他的惡行替換成叛逆的美名。他憑著親身體驗，看穿少年們有多麼禁不起叛逆這種美學的誘惑。當著熟識的軍訓課教官——這個鄉村下士官簡直像近江的小弟——的面前，近江故意慢吞吞地將白絲綢圍巾纏到脖子上，像拿破崙一樣任由金扣外套的領口向左右敞開。

但愚昧大眾的叛逆，往往只是小家子氣的模仿。可以的話最好盡量避免叛逆會造成的危險，只品嘗叛逆的美味。因此我們從近江的叛逆中，只剽竊了他花俏的襪子。我也不例外。

早上去學校，在上課前的吵鬧教室中，我們沒坐在椅子上，故意坐在桌上聊天。如果那天早上穿了新買的花襪子，就瀟灑地拎起長褲的中線往桌上一坐。頓時就會收到眼尖的讚嘆。

「啊！好騷包的襪子！」

——我們不知還有甚麼讚辭能比「騷包」更厲害。但是這麼一說，說的人和被說的人，都會想起不到整隊前一秒不露面的近江那高傲的眼神。

某個雪霽天晴的早晨，我一大早就去了學校。因為朋友昨晚打電話來，邀我隔天一早打雪仗。通常只要對明天抱著期待，當晚我就會失眠，因此翌晨太早醒來，索性也不管時間就直接去學校了。

積雪頂多埋到鞋子。太陽尚未完全升起時，景色因下雪顯得淒慘，一點也不美。看起來就像微髒的繃帶遮蓋了街頭風景的傷口。因為市街之美正是傷口之美。

隨著電車逐漸接近學校前的車站，我從乘客還寥寥無幾的國鐵車窗，望著工廠街那頭的太陽升起。風景洋溢喜色。成排煙囪不祥地聳立，單調的石板瓦屋頂晦暗起伏，瑟縮在反射朝陽的雪景假面發出的刺耳笑聲背後。這種雪景的假面戲劇，往往演出革命或暴動之類的悲劇事件。雪光反射下更顯蒼白的路人臉孔，也令人聯想到挑夫。

當我在校前的車站下車時，車站旁貨運公司的辦公室屋頂很快已傳來雪融的聲音。看起來分明像是光芒落下。水泥地被鞋子沾的泥巴塗滿，形成假泥濘，光芒朝著那片泥濘不斷發出呼聲，就此縱身摔死。一道光芒搞錯方向，落向我的脖頸。……

校門內還沒有任何人走過的足跡。寄物室也鎖著。

我打開二年級的一樓教室窗子，眺望森林雪景。從學校後門有一條小徑沿著森林斜坡走上這校舍。只見印在雪上的大腳印沿著那條小徑一路走到教室窗下。腳印在窗下折返，消失在左斜方的科學教室後面。

已經有人來了。那人肯定是從後門上來，從教室窗口探頭一看，發現還沒人來，於是獨自走去科學教室後面了。會從後門進出的通學學生少之又少。其中一人就是近江，據說他是從女人的住處來上學。但是他通常應該是到整隊前一秒才會露面。如果不是他，我想不出還會有誰，看這個大腳印分明就是他。

我從窗口探出身子，凝眸觀察那鞋印帶有新鮮的黑土色。那看似某種明確的、充滿力量的腳印。無法形容的力量吸引我望向那腳印。我很想一頭倒栽下去，把臉埋進那個腳印。但我遲鈍的運動神經照例替我保住人身安全，因此我把書包放到桌子上，這才慢吞吞爬上窗框。制服前襟的鉤扣被石造窗框一壓，鉤扣和我脆弱的肋骨摩擦，帶來一種痛楚混合悲哀的甜美。我翻過窗子跳到雪地上，那輕微的痛楚頓時暢快勒緊我的胸口，令我陷入戰慄的危險情緒。我拿自己的防水套鞋悄悄和那個鞋印比對。

看似巨大的鞋印幾乎和我的一樣。我差點忘了，鞋印的主人穿的應該也是當時我們之間流行的套鞋。如此看來，那個腳印似乎不是近江的——雖說如此，就連「沿著黑色鞋印走去，或許會令我當下的期待落空」這種不安的期待，似乎都有種吸引我的魅力。近江在這時只不過是我的期待的一部分，抓住我的，或許是我對於比我先來且在雪地留下腳印的那個人，某種未知被侵犯的復仇式憧憬。

我氣喘吁吁追蹤腳印。

我三步併作兩步跳過墊腳石，跟著鞋印一路走去，有些地方露出黑油油的泥土，有些地方是枯草皮，有些地方是骯髒的硬雪，有些地方是石板。於是不知不覺中，我發現自己的步伐變得和近江大步前進的方式一模一樣。

經過科學教室後方的陰影，我來到面對寬闊操場的高台。三百米的橢圓形跑道，以及跑道環繞的起伏不平的操場，同樣都被閃耀的積雪包覆。操場一角有兩棵高大的櫸樹相依相偎，伸得長長的樹影，為雪景增添了某種意味，就像非得侵犯某種偉大的明顯謬誤。巨樹在蔚藍的冬日晴空及來自下方的雪光反射，還有側面的朝陽照耀下，帶著塑膠般的緻密聳立，從乾枯的樹梢和樹幹的分岔，不時落下金沙似的積雪。就連那不大的動靜都會傳來遼闊的回音，因為操場那頭成排的學生宿舍及相鄰的雜樹林，似乎還在沉睡中文風不動。

眼前鋪展的耀眼景象，令我一瞬間甚麼都看不見。雪景等同新鮮的廢墟。只有古代廢墟才可能有的無垠光芒和光輝，降臨在這假冒的失落之上。在這廢墟的一隅，五米寬跑道的積雪上，被人寫出巨大的文字。最靠近前方的大圓圈是O，再過去是M，更遠處是一個又長又大橫躺的I。

是近江。我追蹤而來的足跡，走向O，接著從O到M，M再過去——是站在I的一半旁，略低著頭埋在白圍巾中，雙手插在外套口袋，剛剛才用套鞋在雪上拖出痕跡的近江。他的影子和操場櫸樹的影子平行，旁若無人地在雪上延伸。

我的臉頰發燙，用手套將雪壓實。

一團雪球扔出。沒打到。但寫完I字的他，想必是不經意將視線轉向我這邊。

「喂！」

我雖擔心近江八成只會做出不高興的反應，還是被莫名的熱情催促，這麼叫喊著跑下高台的陡坡。沒想到他竟對我發出充滿力量的親密呼喊：

「喂，不許踩到字喔！」

今早的他，的確和平日的他略有不同。回家之後絕對不寫功課，課本都扔在學校寄物櫃的他，向來總是雙手插在外套口袋上學，迅速脫下外套後趕在最後一秒加入隊伍尾巴，唯獨今早，他不僅一大清早就獨自在這消磨時間，而且居然露出他特有的親密又粗暴的笑容，迎向平時被他當成小鬼頭不屑一顧的我！這張笑臉，這青春的一口白牙，我不知等待了多久！

但是隨著這張笑臉接近可以看清後，我的心連剛剛呼喚「喂」的熱情都已忘記，被封鎖在不自在的心虛中。是理解阻止了我。他的笑臉或許是為了掩飾「被理解」，他這個弱點傷害到的不是我，毋寧傷到的是他在我心目中的形象。

看到他寫在雪上的巨大名字ＯＭＩ[29]那一剎那，我想必是半帶無意識中徹底了解了他的孤獨。包括他一大清早就來學校，這個連他自己也不太理解的最本質的動機。——我的偶像此刻如果在我面前投降，替自己辯解「是為了打雪仗才提早來學校」云云，想必會有比他喪失的驕傲更重要的東西從我內心喪失。我必須先主動開口！這令我焦躁不已。

「今天沒辦法打雪仗了。」我終於說。「本來以為雪會下得更大。」

「嗯。」

他露出掃興的神色。頑強的臉頰線條又變得僵硬，重現對我的傷人輕蔑。他的眼睛努力想把我當成小鬼頭，又因憎恨而發亮。我沒有問起他寫在雪上的字，令他心中有點感激，卻又想抗拒那種感激，他這種痛苦掙扎深深吸引了我。

「哼，戴那種像小鬼一樣的手套。」

29　近江的日文發音為 OUMI。

「大人也一樣會戴毛線手套喔。」

「真可憐，你肯定不知道皮手套戴起來是甚麼感覺吧——來！」

他說著忽然把被雪沾濕的皮手套摁在我發燙的臉頰上。我扭身躲開。臉頰湧現鮮活的肉感，彷彿留下烙印。我感到自己正用非常清澈的眼神凝視他。

——從這時起，我愛上了近江。

如果容我用那種粗俗的說法，這是我有生以來第一次戀愛。而且那顯然是和肉慾有關的戀愛。

我翹首期盼夏天來臨，至少是初夏也好。因為那個季節應有機會見到他的裸體。進而，我內心深處還抱著更不可告人的欲求。那是渴望見到他的「大玩意」的欲求。

兩種手套在我記憶的電話串了線。這皮手套，和接下來我要提到的典禮用白手套，似乎一個是記憶的真實，一個是記憶的謊言。他粗野的五官，或許更適合皮手套。不過，正因為他的五官粗野，或許還是白手套更適合。

說他的五官粗野，其實也只是普通的青年面孔混在一群少年之間造成的印象罷了。他的骨架雖然壯碩，但是身高比我們之間最高的學生還矮了很多。只是我們學校的制服有點像海軍士官的軍服，少年尚未發育完全的身體，稍微差那麼一點都會撐不起來，唯有近江渾身洋溢重量感和某種肉感足以撐起制服。隔著深藍色嗶嘰制服可以窺知他肩膀和胸部的肌肉，用充滿嫉妒與愛意的目光盯著那身肌肉的想必不只我一人。

他的臉上總是浮現某種陰暗的優越感。那大概是因為受傷而燃起的情緒。留級、被逐出宿舍……這些悲慘的命運，對他似乎是受挫的某種意欲象徵。甚麼意欲？我模糊想像那肯定是激發他「罪惡」靈魂的意欲。而這龐大的陰謀，肯定連他自己都沒有充分認知。

他擁有嚴格說來算是圓臉的淺黑色臉頰，桀敖高聳的顴骨，俊秀厚實又不會過高的鼻子下方，是爽朗抿成一線的嘴唇和英挺的下顎，這樣的臉孔讓人感到充溢全身的血流。在那裡的是一個野蠻靈魂的外衣。誰會從他身上期待「內涵」呢？從他身上能夠期待的，只有我們遺忘在遙遠過去的那個不為人所知的完整模型。

他有時會心血來潮，湊到我身邊看我正在閱讀的超齡的深奧書籍。我通常會露出曖昧的微笑藏起那本書。不是因為害羞，而是因為我會忍不住猜想：他對書本居然也有興趣，他因此流露的笨拙，他將會開始厭惡自己無意識的完整……這種種猜想於我太痛苦。因為這個漁夫忘記愛奧尼亞[30]的故鄉令我難過。

無論上課時或在運動場，我總是不斷東張西望尋找他的身影，漸漸塑造出他完整無缺的幻影。也因此，記憶中的他找不出任何缺點。那是這種小說式敘述中不可或缺的人物特徵、可愛的癖性、可以讓那個人物看起來更鮮活生動的缺點，可是我記憶中的近江身上完全找不出任何這樣的東西。我反而從近江身上找出其他無數的東西。那是無限的多樣性和微妙的神韻差異。換言之，是我從他身上挖掘出來的。包括生命的完整的定義，他的眉毛，他的額頭，他的眼睛，他的鼻子，他的耳朵，他的臉頰，他的頰骨，他的嘴唇，他的下顎，他的脖頸，他的咽喉，他的血色，他的膚色，他的力氣，他的胸膛，他的雙手，以及其他無數東西。

根據那個進行篩選後，形成一個嗜好的體系。我之所以不想去愛知性的人就是因為他。我之所以無法被戴眼鏡的同性吸引也是因為他。我之所以開始愛上力量、鮮血洋溢的印象、無知、粗暴的動作、豪放的言詞、完全沒有被任何理智侵蝕只有肉慾的野蠻憂鬱，也都是因為他。

——然而這荒唐的嗜好，於我而言打從一開始就包含邏輯上的不可能。再沒有比肉體衝動更有邏輯的東西。一旦摻雜理智性的理解，我的慾望頓時

30　愛奧尼亞（Ionia），小亞細亞的西部及其近海諸島。

減退。就連被對方看出的些許理智，也逼我做出理性的價值判斷。在愛的相互作用中，想必對對方的要求也會同樣成為對自身的要求，因此，希望對方無知的心，哪怕只是片刻，也要求我絕對的「反理性」。但那不管怎樣都不可能。因此我無論何時，都只能留心不與未被理智侵犯的肉體所有者，也就是地痞流氓、水手、士兵、漁夫這種人交談，同時以熱烈的冷淡態度，離得遠遠地仔細旁觀。或許唯有語言不通的熱帶蠻荒地區，才是適合我居住之地。對於蠻荒那激烈如沸的炎夏懷抱的憧憬，說來其實打從幼小時就已存在。……

話題回到白手套。

在我的學校，典禮當天按照規定必須戴白手套上學。貝殼鈕扣在手腕沉鬱發光，手背縫了三條冥想式線條的白手套，光是戴上，就會令人想起舉行典禮的大禮堂那種昏暗、散會時領到的鹽瀨屋盒裝豆沙餅，以及對於晴朗的典禮當天彷彿好好的一天卻中途鏗然受挫的印象。

某個冬天的國定假日，我記得是紀元節[31]。那天早晨近江也難得一大清早就已來到學校。

距離整隊集合的時間還早。把一年級新生從校舍旁的原木浪板趕走，是二年級學生冷酷的樂趣。二年級學生明明瞧不起原木浪板這種孩子氣的遊戲，偏又對這種遊戲眷戀不捨，因此藉著霸道趕走一年級學生，順便可以假裝並不真心想玩，只是欺負一下學弟逞逞威風。被趕走的一年級學生在遠處圍成一圈，旁觀二年級學生彼此多少有點意識到觀眾的粗暴較勁。他們是在比賽誰能夠先讓對方從搖晃的浪板掉下去。

近江如同被追得走投無路的刺客，兩腳踩在中央，不斷瞄向新來的敵人。沒有同學能夠打敗他。已有好幾人跳上浪板後被他敏捷的身手推倒，踩

31 紀元節，日本舊制的四大節之一。為現在日本的建國紀念日。

碎在朝陽下發亮的霜柱。每次近江都會像拳擊手一樣，將雙手的白手套在額頭握拳相觸，四處賣萌。一年級學生甚至忘了才被他趕走，紛紛為他喝采。

我的目光追逐他戴著白手套的手。那雙手精悍卻又奇妙精確地揮動。就像野狼或甚麼年輕野獸的前掌。他的手不時如利箭劃破冬日清晨的空氣，狠狠擊向對手的側腰。被擊落的對手有時也會攔腰撞上霜柱。為了挽回擊落對方的瞬間失去平衡的重心，近江在結了一層晶瑩薄霜容易滑倒的浪板上，偶爾會做出扭身掙扎的模樣。但他柔韌的腰力，讓他再次恢復那種刺客的架式。

浪板面無表情，只是一絲不亂地繼續搖晃。

……看著看著，我驀然萌生不安。那是如坐針氈令人費解的不安。有點像浪板搖晃導致的暈眩，卻又不是那種暈眩。嚴格說來是精神上的暈眩，或許是怕我內在的均衡因為旁觀他危險的一舉一動而崩潰的不安。在這種暈眩中，還有兩股力量在爭霸。那是自衛的力量，以及更深層、更迫切想瓦解我內在均衡的力量。後者是人們往往沒意識到就委身其中的那種微妙又隱密的自殺衝動。

「搞甚麼，都是一些膽小鬼。沒人要挑戰了嗎？」

近江在浪板上輕輕地左右晃動身體，同時將戴著白手套的雙手插在腰上。帽子的鍍金徽章在朝陽下發光。我從未見過如此美麗的他。

「我來！」

我是憑著逐漸劇烈的悸動，正確猜到自己會這麼脫口而出的瞬間。每次我屈服於慾望的瞬間總是這樣。走過去站在那裡之舉，與其說是難以避免的行動，更像是早就預定的行動。所以日後我往往誤以為自己是「有意志的人」。

「你省省吧、省省吧，肯定會輸的。」

我在眾人嘲諷的歡呼下從邊緣走上浪板。踩上去的腳差點滑落，立刻又引起眾人一陣鼓譟。

近江一臉戲謔地迎接我。他使出渾身解數耍寶，不時還假裝做出失足滑倒的動作，而且還勾起戴手套的指尖逗我。在我看來，那就像是一不小心便會刺穿我的危險刀尖。

我的白手套和他的白手套幾次互相擊掌。每次我都被他的掌力推著站不穩。他或許打算盡情玩弄我，因此故意手下留情，以免我太早落敗。

「哎喲好危險，你好強喔，我都輸了，馬上就要掉下去了——你看。」

他又吐出舌頭，假裝做出跌落的動作。

看著他搞笑的臉孔，他不知自身之美還想破壞那種美的舉動，令我不忍卒睹。我被推到邊緣垂下眼皮。他趁隙又用右手推了我一把。為了避免掉下去，我反射性用右手抓住他的右手指尖。我感到切實握住了他被白手套緊緊包裹的手指。

那一剎那，我和他四目相接。真的是電光石火的剎那。戲謔的神情從他臉上消失。轉而浮現率真得可疑的表情。不知是敵意還是恨意的純真激情拉響了弓弦。那或許是我自己想太多。或許只是他被拽住指尖失去身體重心的瞬間，不經意露出的虛無表情。但伴隨二人的指間交會如閃電的力量之爭，我當下直覺，從我凝視他的瞬間視線中，近江已發現我對他——只對他一人——的愛意。

我倆幾乎同時從浪板跌落。

我被人扶起。扶我起來的是近江。他粗魯地拽起我的手臂，不發一語拍去我衣服上的泥土。他的手肘和手套都沾上冰霜閃爍的泥濘。

我責難地仰望他。因為他拽著我的手臂就走。

我們學校從小學部就一直是同一批同學不再重新分班，所以彼此勾肩搭背的親密是理所當然。有時整隊的哨音吹響，大家會那樣勾搭著匆匆跑向操場。因此近江和我一起跌落，也只不過看似已經看膩的遊戲結束，即使看到我和近江挽著手一起走，想必也不是特別惹眼的景象。

但是倚靠他的手臂走路時，我感到無上歡喜。或許是因為天生體弱，我所有的喜悅都摻雜不祥的預感，但他手臂的那種強壯、緊迫感，彷彿從我的手臂蔓延到全身。我恨不得就這樣一直走到世界盡頭。

然而，來到操場後，他二話不說就放開我的手逕自按照順序去排隊了。之後再也不曾回頭看過我。典禮期間，我一再比對自己白手套上的汙泥，和隔著四人排在隊伍中的近江白手套上的汙泥。

——對近江的這種莫名的傾慕，我並未做意識的批判，更沒有道德的批判。一旦企圖集中意識，那裡已沒有我的存在。如果真有無法持續與進行的愛情，那我的狀況正是如此。我看近江的眼神永遠是「最初的一瞥」，也可說是「天地混沌初開的一瞥」。其中有無意識的操作，不斷試圖守護我十五歲的純潔免於受到侵蝕。

這是愛情嗎？即便是這種乍看保有純粹的形貌，之後一再重複的愛情，也具備了獨特的墮落與頹廢。那是比世間的愛的墮落更加邪惡的墮落，頹廢的純潔，即便在世間所有的頹廢中，也是最惡質的頹廢。

然而，在我對近江的單戀，我人生中最初的這段戀情中，我其實就像翅膀底下藏著天真肉慾的小鳥。迷惑我的，不是想獲得的慾望，純粹是「誘惑」本身。

至少在校期間，尤其是在無聊的上課時間，我的眼睛總是無法離開他的側臉。還不懂愛是渴求也是被渴求的我，除此之外還能做甚麼？愛對我而言只不過是小小的猜謎問答保持謎題的姿態互相發問。我甚至沒有想像過這樣的傾慕以某種方式得到回報。

因此，我雖只是小感冒卻請假沒去上學，直到隔天到了學校才發現，那天正是升上三年級後第一次春季體檢的日子。體檢當天請假的兩三人要去醫務室，我也跟著去了。

瓦斯暖爐在照進房間的日光中燃起若有似無的藍焰。室內瀰漫消毒水的氣味。完全找不到擠滿少年的裸體互相推擠接受體檢時，特有的那種甜牛奶蒸騰似的粉紅色氣息。我們這幾人冷颼颼地默默脫下襯衣。

一名和我一樣老是感冒的瘦削少年站上體重計。看著渾身汗毛的他單薄的白皙背部，我的記憶突然甦醒。我想起自己曾經多麼強烈地渴望看見近江的裸體。結果我竟愚蠢地沒有想到體檢這個最好的機會。如今機會已錯失，我只能繼續等待下次不知是何時的機會。

我的臉色發白。我的裸體在冒起雞皮疙瘩的蒼白肌膚上，感到類似寒意的悔恨。我用恍惚失焦的眼神，搓揉自己纖細上臂的淒慘牛痘疤痕。叫到我的名字了。體重計看來就像宣告我行刑時刻已到的絞刑台。

「三十九點五！」

醫護兵出身的助手如此告訴校醫。

「三十九點五。」校醫一邊填寫病歷表，同時自言自語：「好歹得有四十公斤才行哪。」

每次體檢都讓我嘗到這種屈辱。但今天那帶給我幾分安心，因為沒有近江在旁目睹我的屈辱。一瞬間，這種安心甚至成長為喜悅。

「下一個！」

即使助手不客氣地推我肩膀，我也沒有用以往那種厭惡又憤怒的眼神回瞪他。

不過，我的初戀會以甚麼形式告終，雖然懵懂，我當然不可能毫無預感。這種預感的不安，說不定正是我快樂的核心。

初夏的某一天，那是宛如夏季範本的一天，說來也像是夏季舞台排演的一天。為了讓真正的夏天來臨時萬無一失，因此夏天的先驅提早一天來知會人們的衣櫃。人們唯有在這天會穿著夏天的襯衫出門，藉此證明已通過這項檢查。

雖然如此炎熱，我還是感冒引發支氣管炎。我和拉肚子的朋友一起去醫務室拿體操課「見習」（也就是不用做體操，只需旁觀）必須繳交的診斷證明。

回來的路上，我倆朝著體操場的建築盡可能慢慢走。只要宣稱去了醫務室就能當作遲到的好藉口，而且體操課只能旁觀很無聊，我也希望盡量縮短時間。

「好熱。」

——我脫掉制服上衣。

「你都已經感冒了，這樣沒關係嗎？小心叫你去做體操喔。」

我又慌忙穿上上衣。

「我是拉肚子所以沒關係。」

朋友像要炫耀似的，緊跟著脫下上衣。

去了一看，體操場的牆上掛滿夾克，其中也有人連襯衣都脫掉掛在上面。我們班約有三十人，都聚集在體操場那頭的單槓周圍。以陰暗的雨天體操場為前景，有戶外沙坑和草皮的單槓那一帶明亮如火。我陷入自己體弱多病帶來的一貫自卑感。一邊賭氣地咳嗽，一邊朝單槓走去。

瘦弱的體操教師對我正眼也不瞧地從我手中接過診斷證明，

「來做引體向上吧。近江。你來示範一下。」

——我聽見朋友們偷偷喊近江的名字。體操課時他經常不見人影。也不知他在幹甚麼，此刻也是，他忽然從葉片閃爍搖曳的桃葉珊瑚樹叢後慢吞吞出現。

我一看就忍不住心情激動。他連襯衫也脫掉了，只剩下無袖的純白背心。微黑的膚色襯托內衣的純白更顯潔淨，令人怦然心動。那是彷彿站在遠處都能聞到的潔白。這座石膏像上浮雕著胸膛明顯的輪廓和兩個乳頭。

「引體向上嗎？」

他無禮卻又充滿自信地問教師。

「嗯，對。」

於是近江用體格出眾者往往會展現的傲慢又懶散的態度，緩緩朝沙坑伸手。將手心沾滿沙坑底部潮濕的沙子。接著起身粗魯地摩擦雙掌，望向頭上的單槓。他的眼神閃現瀆神者的決心，倏然落影在他眼眸的五月白雲和藍天，暗藏在他目中無人的淡漠背後。他猛然縱身一躍。應該很適合船錨刺青的兩隻手臂，頓時將他的身軀吊在單槓上。

「哇——」

同學之間低聲揚起一陣讚嘆。人人心裡都明白，那不是對他力氣大的讚嘆。那是對青春、對生命、對優越的讚嘆。他露出的腋窩可以看見茂密的毛髮，嚇到了大家。少年們想必是頭一次看到那麼茂密、幾乎顯得毫無必要、好似蕪雜夏草的腋毛。就像夏天的雜草淹沒庭院還不甘心，又繼續蔓延到石階，毛髮從近江深刻雕刻的腋窩溢出，蔓延至胸膛兩側。這兩叢黝黑的草叢，在陽光下閃閃發亮，襯托他那附近皮膚意外的白皙，如同白色沙地晶瑩剔透。

他的上臂緊繃鼓起，他的肩膀肌肉如夏日積雲隆起，他腋窩的草叢被暗影覆蓋看不見了，胸膛高高挺起與單槓摩擦微妙地顫動。他就這樣反覆做引體向上。

這種生命力，純屬生命力的過剩，懾服了少年們。生命中的某種過度感，充滿暴力、只能解釋成為了生命本身的無目的感，這種不快且疏離的充溢，震懾了他們。一個生命，在近江自己也不知情之際潛入他的肉體，占領他，穿透他，從他身上溢出，不斷企圖凌駕於他之上。生命在這點和疾病很像。他被野蠻生命侵蝕的肉體，只為了無懼傳染地瘋狂獻身，才被安置在這世間。在畏懼傳染的人們看來，那肉體想必是一種指責。——少年們開始緩緩後退。

我雖也和大家一樣，但多少還是有點不同。於我（這點已足夠讓我面紅耳赤），打從看到他濃密的腋毛那瞬間，我就產生 erectio[32]。我擔心春秋季

32 Erectio，拉丁文的勃起。

的單薄長褲是否會被人看出痕跡。即便沒有那種不安，此刻占據我心的也絕對不只是純真的歡愉。我一直想看的東西明明就在那裡，目睹那個的衝擊，卻反而讓我意外發掘出另一種感情。

那是嫉妒。……

就像做完某項崇高作業的人，我聽見近江的身體咚的一聲落在沙地。我閉上眼，拼命搖頭。我告訴自己已不再愛近江。

那是嫉妒。那種強烈的嫉妒，甚至讓我自行放棄了對近江的愛。

想必在這件事上，也和從這時起我內心萌生的斯巴達式自我訓練法的要求有關（寫這本書就已是這個要求的呈現）。幼年的體弱多病和大人的溺愛，令我變成一個甚至不敢正眼仰望他人臉孔的孩子，打從那時起，我就中邪似地信奉「一定得變強」的準則。為此我想出一個訓練方法，就是在通學往返的電車上，不分對象地直視乘客臉孔。一般乘客即便被看似孱弱的蒼白少年瞪視也不會害怕，只是厭煩地撇開臉。很少有人會回瞪我。當對方撇開臉，我就覺得自己贏了。就這樣，我逐漸敢正面直視別人的臉孔。……

——自以為已經放棄愛情的我，基本上忘了自己的愛。這點乍看之下很糊塗。我忘了 erectio 這個愛情最明白的標記。長期以來勃起都是在無自覺中發生，即便是我獨處時促使它發生的那種「惡習」，長期以來其實也都是無自覺的行為。關於性，我雖已有一般人應有的知識，但我尚未因差別感而苦惱。

但這並不是因為我相信自己不守常規的慾望是正常、正統的，也不是因為誤信朋友人人皆有與我相同的慾望。令人傻眼的是，我沉溺浪漫的愛情故事，就像不諳世事的天真少女，把所有綺麗夢想都寄託在男女戀愛及婚姻上。我把對近江的愛情，扔進自棄的謎團垃圾，根本沒有深究那個意義。如今我寫「愛」寫「戀」，並非一切都是我感受到的。我做夢也沒想到，這種慾望和我的「人生」之間會有重大關係。

儘管如此，直覺還是要求我的孤獨。它化為莫名的異樣不安——前面也提過，早在幼年時我就對長大成人抱有濃厚的不安——出現。我的成長感總是伴隨異樣尖銳的不安。在那個不斷長高，每年褲子都不夠長因此做衣服時必須先在褲腳預留一大截縫份的年代，一如別的家庭，我也拿鉛筆在家中柱子記錄自己的身高。我當著全家人的面前這麼做，每次長高了，家人就會調侃我或者單純地高興。我只能強顏歡笑。但我對於長成大人的身高，不由預感到某種可怕的危機。我對未來的模糊不安，一方面提升我脫離現實的幻想能力，同時也造成我用「惡習」來逃避那個幻想。不安本身就承認了這點。

「你肯定活不到二十歲。」

朋友們見我孱弱，如此揶揄。

「說話太毒了吧。」

我苦笑著臉頰抽搐，同時也從這預言中，感到奇妙的甜美感傷的沉溺。

「不然要打賭嗎？」

「既然要賭，那我豈不是只能賭活著。」我回答。「如果你要賭我死掉的話。」

「是啊，太可憐了，你輸定了。」

朋友帶著少年人特有的殘酷如此重複。

不僅我一人這樣，同學們皆是如此，我們的腋窩還看不到近江那麼旺盛的生理特徵。只有嫩芽似的細毛稍微冒出。因此過去我也沒有特別注意那個部分。讓它變成我的刻板印象的，顯然是近江的腋窩。

洗澡時，我開始在鏡前站立許久。鏡子無情地映現我的裸體。我就像一心認定自己長大後也能變成天鵝的醜小鴨。這和那個英雄式的童話主題正好相反。我勉強從眼前鏡子映現的纖瘦肩膀和單薄的胸膛，找出我的肩膀有一天會像近江的肩膀，我的胸膛有一天會像近江的胸膛的期待，然而不安如一層薄冰依然繃在我的心頭各處。說是不安，那更像一種自虐的確信，是「我絕對無法像近江」的神諭般的確信。

元祿時代的浮世繪，經常把相愛男女的容貌畫得驚人地相似。希臘雕刻對美的普遍理想也追求男女的相似。其中或許藏有愛的某種奧義？愛的深處，該不會流淌著想與對方一模一樣的不可能的熱望？難道不是這種熱望驅策人們，走向從不可能的反方向試圖達成可能的那種悲劇性的背離？換言之相愛的人既然不可能完全相似，不如努力讓彼此毫不相像，或許本就有這樣的心理構造讓背離直接有助於討好對方？可悲的是，相似到頭來終究只是瞬間幻影。因為儘管心愛的少女變得果敢，心愛的少年變得內向，企圖與對方相似的他們，有一天也只能超越彼此的存在，向遠方——已經沒有對方的遠方飛去。

讓我因此說服自己放棄愛的強烈嫉妒，即便與上述的奧義對照，依然是愛。我甚至愛上在自己的腋窩慢吞吞地、帶著顧忌、一點一點萌芽成長、逐漸發黑的「與近江相似的東西」。……

暑假來臨。於我而言那是明明苦候已久卻又不知如何是好的中場休息，是明明憧憬卻又渾身不自在的宴會。

打從罹患輕微的小兒結核，醫生就禁止我照射強烈紫外線。尤其不可在海岸曝曬直射日光超過三十分鐘。每次打破這項禁令，就會立刻受到發燒的報應。無法參加學校游泳課的我，至今不會游泳。再想到日後在我內心執拗養成，動輒出現動搖我的「海的蠱惑」，我不會游泳這件事顯然充滿暗示。

不過當時的我，尚未邂逅大海難以抵抗的誘惑，夏季從頭到尾都不適合我，而且偏又莫名地慫恿我滿懷憧憬，為了不至於太無聊，我和母親及弟妹去A海岸度過那年夏天。

……驀然回神才發現，只剩我一人留在巨岩上。

剛才我和弟妹沿著海岸邊搜尋小魚穿梭的岩縫，一路來到這巨岩畔。沒有預期中的收穫，因此年幼的弟妹開始沒耐心。這時女傭來接我們去母親所在的沙灘陽傘那裡，我臭著臉拒絕同行，於是她丟下我，只將弟妹帶走。

夏日正午的太陽不斷拍打海面。海灣整體就是一個巨大的暈眩。外海有夏雲以雄偉悲壯的預言者姿態，半浸在海中默默佇立。雲的肌肉蒼白如雪花石膏。

說到人影，只有從沙灘乘船出海的兩三艘遊艇、小船及幾艘漁船在外海踟躕，除了那些船上的人再無別人。精緻的沉默凌駕一切之上。海上的微風隱約像要吊胃口地吐露甚麼祕密，在我耳邊傳來如快活昆蟲般的無形拍翅聲。這一帶的海岸，都是由伸向海中的平順岩石構成，像我坐的大岩石這麼險峻的，頂多只有兩三塊。

海浪起初以不安的綠色浪頭從外海滑過海面而來。伸向海中的整片低矮岩塊，宛如求救的白手，高高地逆向掀起飛沫抵抗，同時沉浸在深遠的充實感中，也好似在夢想著掙脫羈絆四處浮游。但浪頭頓時拋下它，以同樣的速度朝海岸線滑行而來。之後某種東西在這綠色的母衣[33]中覺醒、站起。波浪隨之升起，毫無遺漏地在我們面前呈現拍岸的巨大海斧銳利的刀鋒側面。這墨藍色的斷頭台巨斧噴濺白色血花落下。追著破碎的浪頭瞬間落下的波浪，背部映現瀕死者眼中映現的至純藍天，那是不似人間的蔚藍。——終於從海中露出的成片平坦侵蝕岩岸，被海浪拍打轉眼又隱沒在雪白的泡沫中，卻在餘波退去之際燦爛生光。我從巨岩上看見那耀眼光芒令寄居蟹踉蹌，螃蟹動也不動。

孤獨感立刻與關於近江的回憶混合。那是這樣的：對於近江的生命中洋溢的孤獨、生命對他的束縛產生的孤獨，我心懷憧憬，令我開始渴望感染他的孤獨。我渴望效法他的方式，去享受如今我在外表與近江稍微相似的孤獨，以及面對大海肆虐的這種空虛孤獨。我應該是在一人分飾近江與我這兩個角色。因此我好歹必須找出一點與他的共通點。如此一來，我就可以代替

33 母衣，日本武士的裝備之一。在盔甲背部綴上絹布，用來防禦敵人的箭矢或飛石。

近江，把他自己想必也只是無意識中懷抱的孤獨，刻意當成充滿快樂的東西對待，然後我應該就能把我看著近江時感到的快感，當成近江自身的快感，達成這種幻想上的成就。

自從迷上〈聖塞巴斯蒂安〉那幅畫後，每次裸體時，我不禁養成將雙手在頭上交叉的習慣。但我的肉體孱弱單薄，毫無塞巴斯蒂安豐碩綺麗的影子。此刻我也忍不住這麼擺姿勢。這時我瞥向自己的腋窩。費解的情慾湧現。

——我的腋窩隨著夏天的到來，雖然本就不及近江，卻也還是有黑色草叢萌發。這就是我與近江的共通點。這種情慾顯然有近江介入。儘管如此，我還是無法否認我的情慾是針對自身。那時撩動我鼻孔的海風，以及火辣辣曬在我赤裸肩膀及胸膛的夏日豔陽，放眼望去不見人影的風景，全都一擁而上促使我第一次在藍天下做出「惡習」。我選擇了自己的腋窩作為那個對象。

……不可思議的悲哀令我戰慄。孤獨如太陽燒灼我。深藍色羊毛短褲不舒服地黏在我肚子上。我緩緩爬下大岩石，腳浸在淺水中。餘波蕩漾使我的腳看似死掉的白貝殼，可以清楚看見海中有綴滿貝殼的石岸隨著水波蕩漾。我跪倒在水中。這時破碎的海浪發出粗暴的吶喊逼近，打在我胸口，任由浪花幾乎將我覆蓋。

——海浪退去時，洗淨了我的汙濁。我的無數精蟲，隨著退去的海浪，隨著海浪中無數微生物、無數海藻的種子、無數魚卵這些生命，一同被捲入起泡的海中帶走。

秋天的新學期開始時，沒看到近江。公告欄上貼出他的退學處分。

就像篡位僭稱君主的獨裁者死後人民的反應，我的同學們紛紛開始講述他幹過的壞事。借給他十圓他始終沒還，被他笑著搶走進口鋼筆，被他勒住脖子……似乎人人都被他禍害過，反觀之下，唯獨我對他的惡行毫無所悉，這令我嫉妒得發狂。但我的絕望，從他退學的理由沒有明確說法得到些許慰藉。即便是每個學校都有的消息靈通學生，也打聽不出足以令所有人信服的近江退學理由。老師也只是皮笑肉不笑地說是「壞事」。

唯有我對他的惡行有某種神祕的確信。他肯定參與了連他自己都還沒有充分認識到的某個大陰謀。他這種激發「惡」的靈魂的意欲，正是他的生存意義，也是他的命運。至少我是這麼認為。

……於是這「惡」的意義，在我內心逐漸變貌。促成那個的大陰謀，想必擁有複雜組織的祕密團體，那有條不紊的地下戰術，肯定是為了不被人所知的神明。他信奉那個神，試圖讓人們改信那個神，因此遭到密告，暗中遇害。他在某個薄暮，被脫光衣服帶去山丘的雜樹林。在那裡，他的雙手高舉綁在樹上，第一支箭射中他的側腰，第二支箭貫穿他的腋窩。

我又繼續想。這麼一想，他做引體向上時抓著單槓的模樣，的確比其他任何事物都更適合讓人想起聖塞巴斯蒂安。

❖

中學四年級時，我出現貧血的症狀。我的臉色益發蒼白，手也發黃。爬上高處的樓梯後就不得不蹲下片刻。因為白霧似的龍捲風降臨後腦勺，在那裡鑿洞，令我差點昏厥。

家人帶我去看醫生。醫生診斷是貧血症。那是我家熟識的醫生，為人風趣，因此當家人詢問貧血症是甚麼樣的疾病，他說那就邊看教科書邊解釋吧。我在診療完畢後就待在醫生旁邊。家人坐在醫生對面。醫生朗讀的那書本我看得見，但家人看不見。

「……呃，接下來是病因。也就是生病的原因。多半是因為『十二指腸蟲（鉤蟲）』。小少爺或許也是這個原因。有必要做個糞便檢查。還有『萎黃病[34]』，這種例子很少見，而且是女人才會得的病……」

34 萎黃病，營養不良、身心疲勞引起的低色素性貧血病，好發於年輕女性。

這時醫生跳過一個病因，之後就在口中嘟嘟囔囔合起書本。但我看見他含糊跳過的病因了。那是「自慰」。我在羞恥之下感到心跳加快。醫生已經發現了。

他開的處方是注射砷劑，這種毒藥的造血作用一個多月就治好了我。然而，有誰知道我的缺血，正是因為與血的欲求有異常關聯呢？

天生的缺血，在我身上根植夢想流血的衝動。但那種衝動讓我的身體更加缺血，於是我越發渴望血。這種傷身的夢想生活，打造、鍛鍊了我的想像力。還不認識薩德[35]作品的我，卻從《你往何處去》[36]中羅馬競技場的描寫，萌生了對殺人劇場的構想。在那裡，年輕的羅馬鬥士只為了貴族的消遣便奉獻生命。死亡必須有鮮血橫流，而且充滿儀式。我對一切形式的死刑和刑具產生興趣。拷問工具和絞刑台因為看不見血，遭到我敬而遠之。我也不喜歡槍炮彈藥這種使用火藥的凶器。我選擇盡可能原始野蠻的箭矢、短刀、標槍。為了延長痛苦掙扎，瞄準的是腹部。犧牲必須發出讓人感到漫長、可悲、心痛、無法形容的存在之孤獨的吶喊。而我生命的歡愉，將會從最深處燃起，最後發出吶喊，回應這吶喊。這不正是古代人去打獵的樂趣嗎？

希臘士兵及阿拉伯的白人奴隸、蠻族王子、飯店的電梯服務員、服務生、地痞流氓、士官、馬戲團的年輕人，都被我幻想的凶器殺戮。我就像不知如何愛人因此失手殺死心愛之人的蠻族劫掠者。我親吻他們倒地之後還在抽搐的嘴唇。基於某種暗示，我發明了一種刑具，將刑架固定在軌道的一端，另一端有十幾把短刀在厚木板上插成人型，沿著軌道逐漸滑過來。我幻想有死刑工廠，貫穿人體的轉盤二十四小時運轉，血淋淋的果汁添加糖分後裝瓶發售。無數犧牲者被反綁雙手，送進這個中學生腦中的羅馬競技場。

---

35 薩德（Marquis de Sade，1740-1814），法國作家，通稱薩德侯爵。因性醜聞導致三分之一以上的人生都在獄中度過，因此執筆寫下一系列色情和哲學著作。

36《你往何處去》（*Quo Vadis*），波蘭作家顯克微支創作的歷史小說。以羅馬暴君尼祿對基督徒的屠殺為背景，描寫被迫害的波蘭民族的命運。

刺激逐漸增強，到達人類所能達成的最邪惡的幻想。這種幻想的犧牲者，當然還是我的同學，一個擅長游泳、體格格外出眾的少年。

那是地下室。正在舉行祕密宴會，純白的桌布上有典雅的燭台閃耀，銀製刀叉並排放在餐盤左右，也按照慣例裝飾著康乃馨。但奇妙的是，餐桌中央空出一大片。肯定是待會有特別大的盤子端上來。

「還沒好嗎？」

一名出席者問我。臉孔很暗看不清，只知道是莊嚴的老人聲音。我這才發現餐桌前的每張臉孔都晦暗不明。唯有白皙的手在燈光下伸出，使用銀光閃爍的刀叉。似乎不斷竊竊私語，又似乎自言自語的呢喃飄散。除了椅子不時傾軋作響，沒有任何明顯動靜，是氣氛陰沉的宴會。

「我想應該差不多好了。」

我如此回答，但對方回以陰暗的沉默。我的答覆似乎讓大家都很不高興。

「我去看看吧。」

我起身打開廚房的門。廚房一角是通往地面的石階。

「還沒好嗎？」

我問廚師。

「急甚麼，馬上就好了。」

廚師也不高興地切著菜葉，頭也不抬地回答。約有兩張榻榻米大的厚木板調理台上空無一物。

石階上忽有笑聲飄落。只見另一名廚師拉著我們班上某個強壯少年的手走下來。少年穿著普通長褲，胸口敞開的深藍色馬球衫。

「啊，B你來了啊。」

我隨口喊道。他走下石階後，將雙手插在口袋對我淘氣地笑了。這時廚師突然從後方撲上來勒住少年的脖子。少年激烈抵抗。

「……記得這是柔道的招式。……是柔道的招式吧……那招叫甚麼來著的？……對了……勒脖子……其實不會死……只是暈厥……」

我邊想，邊看著這慘烈的格鬥。少年在廚師強壯的手臂中突然軟趴趴地垂下頭。廚師若無其事地抱起他放到調理台上。這時另一個廚師靠過來，以公事公辦的動作脫下他的馬球衫，摘下手錶，脫掉長褲，轉眼少年已渾身赤裸。裸體少年微張著嘴仰臥。我親吻他的嘴唇許久。

「讓他仰臥嗎？還是趴著好？」

廚師問我。

「仰臥比較好吧。」

我如此回答。因為這樣可以看見他琥珀色猶如盾牌的胸膛。另一名廚師從櫃子取出正好有正常人身材大小的大餐盤。那個盤子很奇妙，兩側邊緣各有五個小孔，總計十個。

「嘿咻！」

兩名廚師一起使勁讓暈厥的少年仰躺在餐盤中。廚師愉快地吹起口哨，用尼龍繩從兩側穿過盤子的小孔綁緊少年的身體。那動作之迅速顯示他們相當熟練。大片生菜美麗地擺在裸體周圍，再配上特大號的鐵製刀叉。

「嘿咻！」

兩名廚師扛起盤子。我打開餐廳的門。

帶有好意的沉默迎接我。盤子被放在燈光白花花照亮的餐桌空白處。我回到自己的位子，從大餐盤旁拿起特大號刀叉。

「該從哪下手呢？」

無人回答，我感到許多張臉孔圍繞在盤子四周。

「這裡應該比較好切吧？」

我把叉子往心臟一插。鮮血噴出，直擊我的臉上。我用右手的刀子緩緩對著胸脯，先薄薄劃下一刀。……

即便貧血痊癒了，我的惡習仍舊變本加厲。上幾何課時，我盯著教師群中最年輕的幾何教師A的臉孔百看不厭。據說他當過游泳教練，擁有被海邊陽光曬黑的臉孔和漁夫般的粗厚嗓音。時值冬天，我一手插在長褲口袋，看著黑板上的字抄寫筆記。後來我的視線離開筆記本，無意識地追逐A的身影。A用年輕的嗓音反覆說明幾何難題，一邊在講台走上走下。

慾望的困擾早已侵蝕我的日常起居。年輕教師在我的眼前，不知不覺幻化成海克力士[37]的裸體。當他一邊揮動左手的板擦，一邊伸長右手用白粉筆寫方程式時，他背部衣服擠出的皺褶，在我看來猶如「拉弓的海克力士」[38]肌肉糾結的線條。我終於在上課期間犯下惡習。

——我恍惚失神地垂著頭，來到下課時間的運動場。我的意中人——這也是一個我單戀的留級生——湊過來問我：

「欸，你昨天去片倉家弔唁了吧？怎麼樣？」

片倉前天剛辦完喪禮，是死於結核病的溫柔少年。我聽朋友說他的遺容和生前判若兩人很像惡魔，因此我等到他已燒成骨灰後才去弔唁。

「沒怎樣。因為都已燒成骨灰了。」我只能冷漠地回答，但我忽然想起有人託我帶的話可以討好他。「對了，還有，片倉媽媽叫我向你問好。還叫我告訴你，今後如果寂寞了一定要來玩。」

「屁啦！」──我被一股猛烈卻溫熱的力量當胸一推，嚇了一跳。我的意中人仍保有少年特有的靦腆，當下已兩頰通紅。我看見他眼中閃現把我當成同類看待的少見的親暱光芒。「屁啦！」他又說一次，「你也學壞了。幹嘛笑得那樣別有深意。」

──我一時還想不明白。雖然不懂裝懂地笑著敷衍過去，但起碼糊塗了三十秒。最後我才想通。片倉的母親是個還算年輕貌美的窈窕俏寡婦。

比起這件事更讓我感到窩囊的是，這遲來的理解未必是因為我的無知，

37 海克力士（Herakles），希臘神話代表性英雄。
38 法國雕刻家布德爾（Antoine Bourdelle）的雕刻作品。

而是來自他和我關注重點明顯的不同。我感到距離感之掃興，是因為早該有所預料的事我居然這麼晚才發現，還嚇了一跳，所以心有不甘罷了。我壓根沒想過片倉母親叫我帶的話會令他有何反應，只是下意識認為把這話告訴他應該可以討好他，自己這種幼稚之醜陋，就像小孩哭泣的臉孔，淚痕乾涸留下痕跡的那種醜陋令我絕望。我百萬遍自問為何不能保持現狀就好，關於這個問題我已厭倦再問。我厭煩透了，就此保持純潔的狀態墮落。我開始覺得，只要換個心態（這是多麼溫順！）我也能夠脫離這種狀態。我還不知道，現在厭倦的東西顯然是人生的一部分，就像我相信我厭煩的是夢想不是人生。

我收到從人生出發的催促。從我的人生？就算那不是我的人生，我必須出發，邁開沉重步伐的時期也已到來。

第三章

人人都說人生像舞台。但是恐怕沒幾人像我這樣，打從少年期的尾聲就不斷意識到人生是舞台。那已是一種明確的意識，卻又摻雜了異常的單純與淺薄的經驗，因此我內心一隅雖然疑惑人們應該不會像我這樣走向人生，卻又有七成認定人人都是這樣開始人生的。我樂觀地相信，不管怎樣只要演完這齣戲便可謝幕。我的早死假說就與此有關。但我這種樂觀主義，或者說夢想，後來遭到嚴厲的報復。

為謹慎起見我必須附帶聲明，我現在想談的，並非那個「自我意識」的問題。純粹只是性慾的問題，我還不打算在此論及其他。

本來劣等生就是先天資質所致，但我為了一如常人升級，採取了權宜之計。換言之，我根本看不懂內容，就在考試時偷抄同學的答案，若無其事地交卷。這方法比作弊更沒智慧、更厚顏無恥，但有時能夠獲得表面的成功。他順利升級了。上課內容是以之前那個年級學會的知識為基礎，唯有他一竅不通。聽課也如鴨子聽雷。於是他只剩兩條路。一個是乾脆學壞耍流氓，一個是拼命不懂裝懂。要走哪條路取決於他的軟弱與勇氣的質，而非量。無論走哪條路，都需要等量的勇氣和等量的軟弱。而且無論哪條路，都需要對怠惰抱有某種詩意的永續性渴望。

有一次，我和一群同學走在學校圍牆外，他們正在嘰嘰喳喳談論某位不在場的同學似乎暗戀通學搭乘的公車上的女車掌，我也加入他們的話題。講完八卦，又扯到公車女車掌究竟有哪點好這個一般概論。我刻意用冷漠的語氣不屑地說，

「當然是那身制服囉。好就好在那制服夠緊身吧。」

當然我完全沒有從女車掌身上感受到這種肉慾的吸引力。是類推——純粹是類推，再加上這個年紀總想模仿遇事成熟冷淡的好色之徒，在這種炫耀心態的推波助瀾下，讓我說出那番話。

結果收到的反應超乎預期。這群人都是在校表現優異，禮儀也無可挑剔的穩健派。他們當下紛紛表示：

「傻眼。沒想到你這麼厲害。」

「要不是有豐富經驗，不可能一針見血說出這種話。」

「你這人，實際上好像挺可怕啊。」

聽到這種天真無邪充滿感動的評語，我才發現藥效有點太強烈了。即便講同樣的話，也有比較不刺耳的平實說法，那樣或許更能夠展現我的內涵。於是我暗自反省應該收斂一點才對。

十五、六歲的青少年，嘗試這種超齡的意識操作時，容易犯下的錯誤，就是自以為遠比其他少年有更明確的意志，因此可以操控意識。實則不然。

我的不安，我的不確定，只不過是比任何人都早一步要求意識的規制。我的意識只不過是錯亂的工具，我的操作，只不過是不確定的、胡亂猜測的目測估算。根據史蒂芬．茨威格[39]的定義，「所謂的魔性，是所有人的內心與生俱來，朝著自我之外，超越自我，讓人們趨向無限的不安定（Unruhe）。」而它「就像大自然從過去的混沌中，在我們的靈魂保留某種不可能去除的不安定部分」，那個不安定的部分帶來緊張，「試圖還原成超人類的、超感覺的要素」。在意識只具有單純解說效用的場所，也難怪人們不需要意識。

雖然我自己絲毫未受到女車掌的肉體誘惑，但是眼看我純粹根據類推和小聰明刻意說出的那番話，讓同學們驚訝、羞澀地臉紅，甚至憑著青春期特有的敏感聯想力，似乎透過我的話語受到肉慾的刺激，我當然萌生了惡意的優越感。但我的心並未就此止步。這次輪到我自己被騙。因為優越感以偏頗的方式甦醒。那是經由這樣的途徑：一部分優越感變成自戀，變成自以為比人領先一步的陶醉，這陶醉的部分，比其他部分提早清醒之後，儘管其他部分尚未清醒，已早早犯下以全盤清醒的意識去計算的失誤，因此「比人領先一步」的陶醉，被修正為「不，我和大家都是一樣的凡人」的謙虛，拜這誤算所賜，被敷衍成「是的，就各方面而言我都和大家一樣是凡人」（尚未清醒的部分讓這種敷衍變成可能，且加以支持），終於導出「人人都不過如此」這個自大的結論，只是作為錯亂工具的意識，在此發揮了強力作用……我就這樣完成自我暗示。這種自我暗示，這種非理性的、愚蠢的、假冒的，而且連我自己都已察覺那顯然是欺瞞的自我暗示，從這時起就占據了我的生活至少百分之九十。想必沒有人像我這麼招架不住附身現象。

看到這裡的人應該也明白了吧。我之所以能夠對公車女車掌做出些許肉慾的評論，其實只是基於單純的理由，可我沒有察覺那點。——那理由非常單純，只不過是因為關於女人，我缺乏其他少年擁有的那種先天性的羞澀。

39 史蒂芬・茨威格（Stefan Zweig，1881-1942），奧地利作家。中短篇小說巨匠。

為了避免有人譏諷我不過是用現在的想法分析當時的我，不如在此抄寫一段十六歲當時的我寫的文章吧。

「……陵太郎毫不猶豫地加入陌生朋友的小團體。他深信盡量舉止快活——或者表現出快活，便可壓抑那種無來由的憂鬱與倦怠。信仰的最佳要素就是盲信，盲信讓他處於白熱化的靜止狀態。他一邊參與沒營養的玩笑和嬉鬧，一邊不斷思考……思考『我現在沒有賭氣，也不無聊』。他將之稱為『忘記憂愁』。

周遭眾人隨時隨地都在煩惱『自己幸福嗎？這樣也算快活嗎』這個疑問。一如『疑問』這個事實是最明確的東西，這就是幸福的正當存在方式。然而唯有陵太郎一人，定義為『這就是快活』，讓自己陷入某種確信。

依照這個順序，人們的心，傾向他所謂的『明確的快活』。

最後，雖然幽微卻真實的東西，被用力封鎖在虛偽的機器中。機器強力啟動。而人們並未發現自己身在『自我欺瞞的房間』。……」

——「機器強力啟動。……」

機器強力啟動了嗎？

少年期的缺點，就是相信只要把惡魔英雄化，惡魔就會滿足。

話說，總之我朝人生出發的時刻已逼近。我對這趟旅程的預備知識，頂多是許多小說、一本性學寶典、同學之間傳閱的黃色書刊、野外演習的每個夜晚從同學那裡聽來的大量的天真黃色笑話……大致就是這樣。灼熱的好奇心，是更甚於這一切的忠實旅伴。出門的行前準備，也只憑做個「虛偽的機器」的決心就足夠了。

我詳細研究了許多小說，調查我這個年齡的人對人生是甚麼感覺，如何與自己對話。我沒有住學校宿舍，也沒有加入運動社團，而且在我的學校有很多裝腔作勢的人，過了玩那個無意識的「下流遊戲」時期之後就很少再涉入下流問題，再加上我非常內向，這些事很難一一找人私下當面詢問，因此我只能根據一般原則去推理，「我這個年齡的男孩」獨處時會有甚麼感覺。在灼熱的好奇心這方面，我們似乎都會經歷大家共通的思春期這個階段。到了這個階段，少年似乎都會整天想女人，滿臉冒出青春痘，隨時隨地精蟲衝腦，還會寫些甜膩的情詩。性研究的書籍頻頻陳述自慰的害處，也有的書上說自慰並無太大害處不用緊張，可見從這個時期起他們也熱中自慰。我在這點和他們完全一樣！雖然一樣，但是做這個惡習時心裡想的對象顯然不同，對此我的自我欺瞞決定不追究。

首先，他們似乎光是看到「女人」這個名詞就會受到異常刺激。女人這個名詞只要稍微浮現心頭，就會面紅耳赤。可我對於「女人」這個名詞，在感覺上從來都和我看到鉛筆、汽車、掃帚這些名詞的印象沒甚麼不同。這種聯想力的欠缺，正如片倉母親那次的情況，和朋友說話時也不時出現，讓我這個人顯得很蠢。他們還自行解釋為這是因為我是詩人。我只是不想被當成詩人（因為詩人這種人據說總是會被女人甩掉），於是為了配合他們的說法，人為地陶冶這種聯想力。

可我不知道的是，他們不只內在的感覺層面和我不同，就連外在看不見的表現，也有明顯的差異。換言之，他們看到女人的裸體照，就會立刻發生erectio。唯獨我沒有那種反應。會讓我產生 erectio 反應的對象（那打從一開始就透過倒錯愛的特質，奇妙地經過嚴格篩選），例如愛奧尼亞型[40]的青年裸像，卻完全沒有那種魅力引發他們的 erectio。

我在第二章刻意一再提及 erectio penis，就是和這點有關。因為我的自我欺瞞是被這方面的無知促成的。任何小說的接吻場面都省略了關於男人erectio 的描寫。那是理所當然，無庸贅述。性學研究書籍也省略了連接吻時都會產生的 erectio。就我所讀到的，似乎只有在肉體交媾前，或是幻想交媾時才會發生 erectio。所以就算沒有任何慾望，到了那一刻，突然

40 愛奧尼亞人優雅纖細具備女性化特質。

間——就像天外飛來一筆——我大概也會產生 erectio。我內心有百分之十在囁嚅：「不，唯有我不會發生。」那化為我各種形式的不安呈現。然而我在做那種惡習時可曾有過一次想起女人的某個部分？哪怕只是試驗性的！

我沒那樣做。我以為沒那樣做只不過是因為我的怠惰！

結果我還是甚麼都不明白。除了我之外的少年們，每晚夢見的是昨天在街角看到的女人，紛紛赤身裸體地走來走去。少年們的夢境有女人的乳房，猶如從夜晚海中浮出的美麗水母一再浮現。女人最珍貴的部分張開濡濕的唇瓣幾十次、幾百次、幾千次，永無休止地不斷吟唱賽蓮[41]之歌。……

因為怠惰？想必是因為怠惰？這是我的疑問。我對人生的勤勉全部由此而來。我的勤勉到頭來耗費在替這一點的怠惰辯護上，我拿勤勉當作安全保障，好讓那個怠惰始終是怠惰。

首先我想為關於女人的記憶編碼建檔。可惜我的記憶實在貧乏。

有一次，大概是我十四、五歲時，發生過這麼一件事。我父親調任大阪那天，我們去東京車站送行回來時，幾名親戚順道來訪。換言之他們一行人是在送行後跟著我母親和我們兄妹來我家玩。其中有我的堂姊澄子。她即將結婚，年約二十。

她的門牙有點暴牙。那是非常潔白美麗的門牙，甚至令人懷疑是為了突顯那兩三顆牙才故意如此，只要一笑，門牙就閃閃發亮，暴牙反而替她的笑容增添難以形容的可愛。暴牙這種不和諧，就像一滴香料滴落臉孔與外型溫柔美麗的和諧中，更強化了那種和諧，替她的美麗增添一絲特殊風味。

愛這個字眼如果不恰當，那我應該是「喜歡」這位堂姊。從小我就喜歡遠遠地看著她。她刺繡時我就待在旁邊，有時甚麼也不做就這麼呆坐一個多小時。

---

41 賽蓮（Siren），希臘神話中的人魚女妖。以美妙的歌聲誘惑水手，令其發生船難。

伯母們去裡屋後，我和澄子並排坐在客廳的椅子保持沉默。送行的雜沓擁擠在我們腦中踐踏的痕跡尚未消失。我非常疲憊。

「唉，累死了。」

她小聲打個呵欠，雪白的手指併攏掩口，像要施咒般，倦怠地用手指輕拍嘴巴兩三下。

「你不累嗎，小公？」

不知怎地，澄子用兩邊袖子蒙住臉後，把臉重重落在一旁的我腿上。接著慢慢挪動臉孔，將臉換個方向，就這麼靜止半晌。我的制服長褲因這被當成枕頭的榮耀微微顫抖。她的香水和脂粉的香氣讓我不知所措。澄子瞪著疲憊又清澈的雙眼動也不動的側臉令我困惑……

僅此而已。但我永遠記得在自己腿上停留片刻的奢侈重量。那不是肉感，純粹是某種奢侈的喜悅。類似勳章的重量。

通學途中，我經常在公車上遇見一個看似貧血的小姐。她的冷漠激起我的興趣。她意興闌珊百無聊賴地望著窗外，微撅的雙唇硬度總是吸引我的注視。公車上沒有她時就好像少了點甚麼，不知不覺，我開始為了看她而搭車。我思忖這是否就是愛情。

我完全不懂。愛情和性慾是怎樣相互牽扯的，箇中詳情我就是不懂。對於近江帶給我的惡魔般的蠱惑，那時候的我當然沒想過要用戀愛這個字眼來解釋。把自己對公車上遇見的少女若有似無的情愫當成愛情的那個我，同時，卻也被腦袋油光發亮的年輕粗野的公車司機吸引。無知並未逼我去解析這個矛盾。我看著年輕司機側臉的視線中，帶有某種難以迴避、令人窒息、痛苦的壓力，而偷瞄貧血少女的眼神中，則有點刻意的、人為的、容易倦怠的成分。我始終不懂這兩種眼神的關係，兩種視線在我內心坦然同居，毫無隔閡地共存。

身為那個年紀的少年，我似乎太欠缺「潔癖」的特質，換句話說，我似乎欠缺「精神」的才能，若說這是因為我過度強烈的好奇心讓我漠視倫理，的確解釋得通，但這種好奇心就像抱病多年的病人對外界那種絕望的憧憬，一方面也和不可能的確信密不可分。這半無意識的確信，半無意識的絕望，讓我的希望活躍得幾乎被誤認為奢望。

明明還很年輕，我卻不知在內心培養明確的柏拉圖觀念。這該說是不幸嗎？世間一般不幸於我有何意義呢？我對肉慾的模糊不安，想必只有肉體方面變成我的固定思維。我已經很習慣讓自己相信，這種和求知慾差別不大的純粹的精神性好奇心「才是肉體慾望」，最後我已學會欺騙自己，就好像自己真的有顆淫蕩的心。那讓我養成故作成熟、深諳男女情愛的態度。我刻意擺出彷彿已玩膩了女人的嘴臉。

就這樣，接吻成了我的刻板印象。若是現在的我就可以說，接吻這個行為的表象，其實於我而言，只不過是我的精神尋求寄託的某種表象。可是當時的我誤以為這種欲求就是肉慾，因此不得不苦心積慮投入那種違心的偽裝。自己正在偽裝本心——這種下意識的心虛，執拗地激發我刻意的演技。但是反過來想，哪怕只是瞬間，人真的能夠那樣完全背叛自己的天性嗎？

不這麼想，恐怕無法解釋人為何會追求其實並不想追求之物的奇妙心理構造。如果我正處於不追求本該追求之物的這種正常倫理性人格的反面，那表示我心裡抱著更不合倫理的希求嗎？若是那樣，這種希求也太可愛了吧？我該不會是完全欺騙自己，從頭到尾都只是因襲舊俗在行動？關於這方面的省思，日後成為我無法忽視的要務。

——戰爭開始，偽善的禁慾主義風靡全國大眾。高中也不例外。我們打從進入中學就憧憬「蓄髮」，可惜這個心願就算上了高中暫時也不可能實現。花襪子的流行也已成過去。軍事訓練的時間變得特別多，還搞出種種可笑的革新。

但我們學校的校風，素來擅長表面的形式主義，因此我們照樣過著沒有太大拘束的學校生活。分配到學校的上校軍官為人通情達理,因為一口東北腔被取了東北特務這個綽號的舊特務士官長N准尉,還有他的同僚蠢特務、獅子鼻的鼻特務,也都對我們的校風適應良好。校長是個性格偏女性化的老海軍上將,他有宮內省當靠山,憑藉長袖善舞、八面玲瓏的漸進主義保住他的地位。

在這樣的過程中,我學會抽菸喝酒。不過,抽菸只是拙劣的模仿,喝酒也是。戰爭教會我們莫名感傷的成長方式。那是在二十幾歲就結束人生的想法。是完全不考慮未來的態度。在我們看來人生不可思議地輕盈。人生就像正好被區隔在二十歲之前的鹹水湖,鹽分濃度驟然升高,變得容易漂浮。落幕的時刻既已不遠,演給我自己看的假面劇也該演得更賣力才對。但我的人生旅程,雖然一直想著明天就出發、明天就出發,卻一日拖過一日,幾年來毫無出發的跡象。這個時代或許才是我唯一快樂的時代?儘管有不安,但那只不過是模糊的感覺,我仍懷抱希望,總能在未知的藍天下望見明天。旅途的幻想、冒險的夢想、我將來有一天應該會建立的成熟形象，以及我尚未見過的美麗新娘的肖像、我對名聲的期待……這些東西，就像旅行用的指南書、毛巾、牙刷牙膏、替換的內衣、替換的襪子、領帶、肥皂等等物品，在等待啟程的行李箱中早已一應俱全，那個時代於我而言，就連戰爭都是孩子氣的歡樂。當時真心相信就算中彈我也不會痛的過剩夢想，在這時絲毫不見減退。就連對自己死亡的預想，都讓我因未知的歡愉而戰慄。我感到自己擁有一切。想必也是。為準備旅行而忙碌的時候，也正是我們完全擁有旅行的時候。之後剩下的作業，是摧毀這擁有。那就是旅行那種完全的徒勞。

我對接吻的固定思維，後來鎖定在某個嘴唇。那難道不是單純地只想給幻想找個理由嗎？正如前面也提過的，明明不是慾望，我卻拼命想相信那是慾望。換言之，我把無論如何都想相信那是慾望的、不合理的慾望，和本來的慾望搞錯了。我把「不想做自己」這個強烈的、不可能的慾望，和世人的那種性慾、從「他是他自己」湧現的那種慾望搞錯了。

當時我有個完全聊不來卻來往密切的朋友。這個名叫額田的輕浮同學，為了初級德語課的種種問題，似乎選中我作為好相處的求教對象。事事都只有三分鐘熱度的我，在初級德語方面被視為成績優秀的學生。貼上優等生（這麼說有點神學生的味道）標籤的我，內心不知有多麼厭惡優等生的標籤（但是除了這個標籤以外，我找不到能夠幫助我保障安全的標籤），或許額田憑藉直覺看穿我有多麼嚮往「惡名」。他的友情含有刺激我弱點的成分。因為額田是個嫉妒心強令硬漢派看不順眼的男人，因為他就像通靈的靈媒，身上若有似無地傳來女人世界的消息。

來自女人世界的第一個靈媒就是近江。但當時的我更保有自我，因此我把近江身為靈媒的特質，當成他的一種美就已滿足。可是額田扮演的靈媒角色，卻替我的好奇心形成超自然框架。那或許也是因為額田一點也不美。

我前面提到的「某個嘴唇」，就是去他家玩時看到的他姊姊的嘴唇。

這個二十四歲的美人兒輕易將我當成小孩。看著圍繞她的那些男人，我逐漸明白自己身上完全沒有吸引女人的特徵。那讓我絕對無法變成近江，反之，也令我恍然大悟，自己想變成近江的心願其實是我對近江的愛。

儘管如此，我還是深信自己愛著額田的姊姊。我就像和我同齡的清純高中生，時而在她家周圍打轉，時而在她家附近的書店賴著不走，等待她從書店前經過好伺機攔下她，時而摟著抱枕幻想抱女人的感覺，也畫了很多她的嘴唇，甚至悲痛欲絕地自問自答。那樣究竟算甚麼？這些人為的努力給我內心帶來異常麻痺般的疲憊。這是因為不斷告訴自己我愛她的這種不自然，讓我明確發現真正的心意，於是用惡意的疲憊來抵抗。這種精神疲勞似乎帶有可怕的毒素。心在人為努力的空檔，不時有令人戰慄的掃興襲擊我，為了逃避那種掃興，我又傻呼呼地朝別的幻想前進。於是我立刻生龍活虎，變回我自己，朝著異常的心象熊熊燃燒。而且這火焰被抽象化後留在心中，彷彿這股熱情是為她而產生，在事後加上牽強附會的注釋。——我就這樣再次欺騙自己。

如果有人怪我到此為止的敘述過於概念性有失抽象，那我只能回答，這是因為我實在提不起勁去囉嗦描寫我在外表上和正常人的思春期肖像毫無分別的表象。如果除去我內心不可告人的隱私，以上和正常人的那段時期就連內心都如出一轍，到此為止我和他們完全相同。各位不妨想像一下，一個好奇心一如常人，對人生的慾望也一如常人，只是或許太過內省導致有點內向，動輒臉紅，而且對容貌也沒有自信能夠受到女人青睞，只知拼命啃書，成績還算不錯的十幾歲學生。不妨想像這個學生會怎樣憧憬女人，怎樣內心焦灼，怎樣空虛煩悶。想必沒有比這個更容易、更缺乏魅力的想像了。所以我當然省略了照實勾勒這種想像的無聊描寫。內向學生那段毫無光彩的時期，與我完全相同，我立誓要絕對忠於導演。

這段期間，我把只關心年長青年的心思，逐漸移向比我小的少年。當然，就連比我小的少年都已是近江當初那個年齡了。但這種愛的轉移，也和愛的性質有關。雖然依舊是暗藏心中的想法，但我在野蠻的愛也加入了優雅的愛。猶如家長的愛，類似少年愛的情懷，隨著我的自然成長逐漸萌芽。

馬格努斯將倒錯者分類，把只對成年同性感到吸引力的那類人稱為androphils，把喜愛少年及介於少年和青年之間那個年齡的人稱為ephebophils。我逐漸理解了 ephebophils。Ephebe 指的是古希臘的青年，意思是十八歲至二十歲的壯丁，語源來自天神宙斯和天后希拉的女兒、不死之身海克力士的妻子赫柏（Hebe）。女神赫柏負責替奧林帕斯眾神斟酒，是青春的象徵。

有個才剛上高中的十八歲美少年。他的膚色白皙，擁有柔唇和彎彎柳眉。我知道他叫做八雲。他的容顏深印我心。

但我在他毫不知情之際，已從他身上得到某種快樂的贈禮。每週輪流由高年級各班班長負責在朝會喊口令，無論是早晨做體操時，或下午的操練時（高中有這種課程。先做三十分鐘的海軍體操，做完之後再扛著鏟子去挖防空洞或割草），每隔四週都會輪到我喊口令一星期。夏天來臨，晨間操和下午的海軍體操時，這個對禮儀規矩吹毛求疵的學校或許也抵擋不了當代流行，命令學生打赤膊做操。朝會時班長上台喊口令，敬禮之後下令：「脫掉上衣！」大家都脫掉後，班長走下台，對著緊接著上台的體操教師喊：「敬禮！」然後跑到最後一排的同學隊伍，自己也脫去上衣做體操，做完體操後教師會發號施令，所以就用不著班長了。我對喊口令害怕得幾乎渾身發冷，但上述這種軍隊式的彆扭程序，湊巧對我很有利，因此我迫不及待等著輪到我的那一週。因為拜這程序所賜，我得以親眼目睹八雲的身體，而且可以光明正大看八雲打赤膊卻不用擔心自己瘦弱的裸體被看見。

　八雲通常站在最靠近司令台的最前排或第二排。這個雅辛托斯[42]很容易臉紅。跑來參加朝會整隊時，看到他氣喘吁吁的臉頰讓我很愉快。他經常上氣不接下氣地用粗魯的動作解開上衣扣子。接著將襯衫下襬從長褲褲腰用力拽出來。我站在司令台上，面對他這樣若無其事裸露潔白光滑的上半身，就算不想看都不可能。為此朋友不經意對我說「你喊口令時總是垂著眼呢。你就這麼膽小啊」，我不禁捏把冷汗。但這次，我還是沒機會接近他玫瑰色的半裸身子。

夏天高中部全體學生會去M市的海軍機關學校參觀一週。那一天，大家在游泳課下水。不會游泳的我，決定用拉肚子的藉口旁觀，但某上尉主張日光浴可治百病，我們這些病人也被迫光著上半身。一看之下病號之一正是八雲。他白皙緊繃的雙臂當胸環抱，曬黑的胸膛暴露在微風中，潔白的門牙自虐地緊咬下唇。自稱病人的旁觀者們，選擇游泳池周圍的樹蔭聚集，因此我不費吹灰之力就能接近他。我目測他柔韌的胴體，眺望他安靜呼吸的腹部。

42 雅辛托斯（Hyakinthos），希臘神話中的美少年，深受太陽神阿波羅的鍾愛。

那讓我想起惠特曼[43]的詩句。

……年輕人仰臥，任雪白腹部在日光下隆起。

——但這次，我還是沒有跟他搭訕。因為我為自己瘦弱的胸廓和細瘦蒼白的手臂羞愧。

❖

昭和十九年——也就是終戰的前一年九月，我從從小一直就讀的學校畢業，進入某所大學。在父親不容分說的強制下，被迫攻讀法律。但我確信不久的將來我也會被徵召入伍戰死沙場，我們一家也將全部死於空襲，因此並沒有太難過。

當時按照一般慣例，我一入學就有學長被徵召出征，遂將大學制服借給我。我們約定當我出征時再把制服還給他家，於是我就穿著借來的制服去大學。

我雖比人加倍害怕空襲，同時卻又抱著某種甜蜜的期待迫不及待等死。正如我再三說過的，未來於我是重擔。人生從一開始就用義務觀念束縛我。明知義務的遂行於我不可能，人生卻以我不履行義務為由譴責我、折磨我。在我想來，如果用死亡讓這種人生期待落空，想必會很痛快。我對戰時流行的死亡教義產生官能性的共鳴。我如果「光榮戰死」（雖然那跟我很不搭調），將會很諷刺地結束一生，我躺在地下恐怕永遠不缺微笑的題材。這樣的我，當警報響起時，卻比任何人都迅速逃進防空洞。

43 惠特曼（Walt Whitman，1819-1892），美國詩人。讚美肉體，高唱人類的永生，被指出有明顯的同性戀傾向。

……我聽見拙劣的鋼琴聲。

那是在近日將以特別幹部候補生的身分入伍的友人家。這個名叫草野的友人，是我在高中唯一能夠稍微談論精神層面問題的友人，所以我很重視他。我是個刻意不想交朋友的人，但是思及我的內心逼我做出或許會傷及這唯一一段友誼的以下敘述，不由感到太殘酷。

「那鋼琴彈得好嗎？有時好像有點卡住。」

「是我妹妹啦，老師剛走，她正在複習。」

我們停止對話又豎起耳朵。草野馬上就要入伍了，想必在他耳中響起的，不只是隔壁房間的琴聲，也是之後他將要被迫離開的「日常生活」那種笨拙的、令人焦躁之美。鋼琴的音色，帶有邊看食譜邊做出來的失敗糕點那種親切感，我不禁問道：

「她幾歲？」

「十八。是我的大妹妹。」

草野回答。

——我越聽越覺得，那是十八歲才彈得出的琴聲，充滿夢幻，而且還不知自己的美，指尖猶帶稚氣。我只盼她的複習能夠永遠持續下去。我的心願實現了。在我心中這琴聲一直持續到五年後的今天。我不知有多少次想相信那是錯覺！我的理性不知嘲諷過這錯覺多少次！我的軟弱不知嘲笑過我的自我欺騙多少次！儘管如此，琴聲還是支配我，如果省略宿命這個字眼帶有的嘲諷意味，這琴聲於我正是宿命。

我記得在那不久之前，我就對宿命這個字眼有異樣的感懷。高中畢業典禮後，我和身為校長的老海軍上將坐轎車去宮中報告，這個眼角堆著眼油的陰沉老頭，責備我沒有志願當特別幹部候補生只打算應召做個普通士兵的決心，極力勸說我的身體絕對吃不消一般士兵的生活。

「但我已有心理準備。」

「你根本不知道才會這麼說。不過志願報名的日期也過了，事到如今也莫可奈何。這就是你的迪斯特尼啊。」

他用明治時代的發音說出 destiny 這個英文單字。

「啊？」

我反問。

「宿命啊。這也是你的宿命啊。」

——他用漠不關心的態度（隱約可看出老年人特有的戒心，羞於被人認為苦口婆心），只是單調地這麼一再重申。

過去我肯定也在草野家見過彈鋼琴的少女。但是草野家和額田家正好相反，一派清教徒氛圍，他的三個妹妹總是留下拘謹的微笑便立刻消失。眼看草野入伍的日子越來越近，他和我輪流造訪彼此住處依依惜別。鋼琴聲令我面對他妹妹時很不自在。自從豎耳傾聽那琴聲以來，我彷彿窺知了她的祕密，無法再正視她的臉或對她說話。偶爾她端茶送來時，我只見到眼前動作輕盈敏捷的雙腿。許是因為當時勞動褲和長褲的流行讓我很少看到女人露出雙腿，這雙美腿感動了我。

——這麼想，就算被解釋為我從她的腳感到肉慾也沒法子。但並不是那樣的。正如我再三聲明，我對異性的肉體毫無特定看法。最好的證據，就是我從來沒有想看女人裸體的慾望。可當我認真思考對女人的愛意，又有那種討厭的疲憊在心頭蔓延，妨礙我繼續這「認真的思考」時，我就認定自己是理性勝過感性的人而欣喜，得以把自己冷漠又不長久的感情，比擬為男人厭倦女人的情緒，甚至一併得到想裝成熟的這種自我炫耀的滿足。這種心理活動的模式在我心中已固定，就像只要投入十錢硬幣就會自動掉出牛奶糖的雜貨店販賣機。

我以為我應該可以不帶任何欲求地愛女人。這想必是人類有史以來最沒腦子的企圖。可我毫無自知之明（這種誇張的說法是我與生俱來，因此還請見諒），還盤算著愛的教義的一百八十度大轉變。為此我當然是在不知不覺中信奉柏拉圖的觀念。看起來或許與前述內容自相矛盾，但我真的是百分之百純粹如此相信。難不成我當時相信的，不是這個對象，而是純粹本身？我發誓效忠的難道是純粹？這個問題之後再說。

有時我之所以看似不相信柏拉圖觀念，是因為我的頭腦動輒傾向我欠缺的肉慾觀念，以及那種往往與想裝成熟的病態滿足有關的人為疲憊。說穿了都是來自我的不安。

到了戰爭最後一年，我已二十一歲。新年剛過我們大學就被動員去M市附近的N飛機工廠義務勞動。八成學生當工人，剩下兩成虛弱的學生則處理事務工作。我屬於後者。但是去年體檢被判定為第二乙種合格的我，還是很擔心隨時會收到徵兵令。

在這個黃沙滾滾的荒涼鄉下，光是橫越內部都得花上三十分鐘的巨大工廠，動員了數千名工人活動。我也成為其中一人，編號四四〇九，臨時從業員第九五三號。這個大工廠建立在不考慮資金回收的神祕生產經費上，被獻給巨大的虛無。因此每天早上都會進行神祕的宣誓。我從未見過如此不可思議的工廠。現代化的科學技術，現代化的經營方法，許多優秀頭腦的精密合理的思維，這些全部奉獻給一個目的，也就是「死」。這個專門用於生產特攻隊用的零式戰鬥機的大工廠，就像是一個自身會鳴動、咆哮、哭叫、怒吼的邪教。如果沒有某種宗教性的誇張，不可能有如此龐大的機構成立。就連主管們中飽私囊的舉動都很有宗教色彩。

不時響起的空襲警報，宣告這個邪教做黑彌撒的時刻來臨。

辦公室裡人人色變，脫口冒出「情報是啥款」的鄉下口音。這個房間沒有收音機。所長辦公室的女事務員來報告「是敵機編隊來襲」云云。就在這慌亂的過程中，擴音器傳來沙啞的聲音命令女學生和國民學校兒童避難等候。救護隊四處奔走分發印有「止血　時　分」宛如貨運標籤的紅牌子。這種牌子是負傷止血時掛在胸前用來記錄時間的。警報響後不到十分鐘，擴音器宣告「全體避難」。

事務員們抱著裝有重要文件的箱子，匆匆奔向地下保險庫。把那些文件藏好後，我們跑向地面，加入戴著鐵盔或防空頭巾橫越廣場拼命奔跑的群眾。群眾朝著大門奔流而去。正門外是寸草不生的荒涼黃色平野。綿延七、八百米長的小丘松林內，挖了無數防空洞。朝著那目標，在沙塵中兵分二路保持沉默的、煩躁的、盲目的群眾，奔向好歹不是「死」的東西——好吧，哪怕那只是容易崩塌的紅土小洞穴，總之至少不是「死」。

我湊巧放假回家，於晚間十一點在家中收到召集令。內容是命我二月十五日入伍。

像我這種孱弱的體格在都市並不罕見，因此父親提議我如果回去本籍地的鄉下軍隊接受體檢，我的孱弱肯定更顯眼，或許會被軍隊打回票，於是我在近畿地方的本籍地H縣接受體檢。農村青年輕易便可舉起十下的米袋，我連胸口的高度都舉不到，當場引來檢查官失笑，即便如此，結果我還是第二乙種合格，又收到命令必須進入鄉下的粗暴軍隊。母親哀泣不止，父親也大為沮喪。召集令一來，我雖也悶悶不樂，另一方面卻又暗自期待死得轟轟烈烈，因此倒是覺得怎樣都好。但我在工廠染上的感冒在前往軍隊的火車上發作，等我去了祖父破產後一坪土地也不剩的鄉下，抵達熟識的某戶人家時，我已嚴重高燒站都站不住了。但在那家人的熱情看護下，尤其是大量吞服的退燒藥奏效，我終究還是風光被人歡送著走入軍營。

靠藥物壓下的高燒再次復發。入伍檢查被迫脫得光溜溜如牲口四處走動之際，我一再打噴嚏。初出茅廬的軍醫把我支氣管的呼吸聲誤認為發炎導致的雜音，且我瞎掰的病情報告成為這個誤診的佐證，因此檢查了血沉（紅血球沉降率）。感冒高燒導致血沉過高。我被斷定為肺浸潤，命我即日返鄉。

一走出軍營，我拔腿就跑。荒涼的冬日坡道通往下方的村落。一如在那個飛機工廠，我兩腳飛奔，奔向總之不是「死」的東西，好歹不是「死」的東西。

……我避開從夜行列車的玻璃缺口灌入的風，飽受高燒造成的畏寒與頭痛折磨。我自問該回何處。回到那個拜事事優柔寡斷的父親所賜，迄今沒有去鄉下避難仍在畏懼不安的東京的家嗎？回到瀰漫著圍繞那個家的陰暗不安的都市？回到眼神似家畜，似乎很想互相安慰「不會有事、不會有事」的群眾中？抑或是回到只有罹患肺病的大學生們帶著毫無抵抗的表情聚集的飛機工廠宿舍？

倚靠的座椅背板，隨著火車的震動，鬆動了我背後的木板接縫。我閉上眼幻想湊巧在我返家時全家死於空襲的情景。從這幻想萌生難以言喻的厭惡。日常生活與死亡的關聯，從未如此帶給我奇妙的厭惡。不是說就連貓都不想讓人看到死狀，快要死時就會自己躲起來嗎？想像我目睹家人的慘死或家人目睹我的慘死，光是這樣想就已令我胸悶作嘔。死亡一視同仁地降臨全家，想到瀕死的父母和兒女帶著對死亡的共鳴默默交流的眼神，我只覺得那完全是一家團圓、和樂融融的情景的噁心複製。我想在他人之中風光死去。那和埃阿斯[44]想在明亮的天日下死去的希臘式心情又有所不同。我希求的是某種天然、自然的自殺。我期盼自己像還不擅長狡猾詭計的狐狸一樣，傻乎乎走在山邊，因自己的無知遭到獵人射殺的那種死法。

——既然如此，軍隊不是很符合我的理想嗎？我難道不是對軍隊也有所寄望嗎？那我為何要那樣卯足勁對軍醫撒謊？我為何說這半年來持續發低燒，說我肩膀痠痛得要命，說我咳出的痰中帶血，說我昨晚睡覺還嚴重盜汗（這是當然。因為我吃了阿斯匹靈）？當我被宣告即日返鄉時，我為何感到必須費盡力氣才能掩飾微笑的衝動？我為何一走出營門就那樣拔腿飛奔？我

44 埃阿斯（Aias），希臘神話中的英雄。參加特洛伊遠征，贏得無數功勳。

的希望不是落空了嗎？為何我沒有垂頭喪氣，兩腳無力，步履沉重？

正因為清楚知道，前方並沒有美好人生足以令我逃離軍隊意味的「死」，促使我那樣跑出營門的力量來源才更加讓我摸不著頭緒。或許我還是想活下去？而且是以那種不假思索、當下氣喘吁吁衝進防空洞的生存方式。

於是，我內心的另一個聲音突然開口說，我想必從未想過要死。這句話解開了羞恥的束縛。雖然難以啟齒，但我恍然大悟。說我對軍隊希求的只有死亡那是騙人的。其實我對軍隊生活也抱有某種感官慾望的期待。而讓這個期待持續的力量，也不過是對人人都具備的原始咒術的確信，是唯獨我自己絕不會死的確信。……

……然而這個想法我非常不喜。我倒是更喜歡把自己視為被「死」拋棄的人。我喜歡像外科醫生動手術處理內臟那樣，集中精密複雜的神經，而且客套疏離地凝視這種想死之人卻被死拒絕的奇妙痛苦。這種心靈的快樂程度甚至幾近邪惡。

我們大學和N飛機工廠爆發情緒化衝突，不僅於二月底將學生全部撤回，並且計畫於三月重新開課一個月，四月起改派學生去其他工廠義務勞動。二月底有近千架小型飛機來襲。可想而知所謂三月的重新開課只不過空有名義。

就這樣，我們等於在戰爭最激烈時得到毫無用處的一個月假期。就像得到潮濕的煙火。但是比起一袋好歹較有用處的乾麵包，我更喜歡這種受潮的煙火贈禮。因為這完全像是大學會給的愚蠢贈禮。——在這個時代，光是毫無用處，就已是了不起的贈禮了。

就在我感冒康復的數日後，草野的母親來電。她說草野位於M市附近的部隊三月十日初次開放會客，問我要不要一起去。

我一口答應，不久便去草野家商量行程安排。傍晚至八點之間通常被視為最安全的時間。這個時候草野家已吃完飯。他母親是寡婦。我被邀請在母親及三個妹妹坐的暖桌旁坐下。他母親把鋼琴少女介紹給我，少女名叫園子。因為和鋼琴名家I夫人同名，我遂針對當時聽見的琴聲說出略帶消遣的玩笑話。十九歲的她在昏暗的遮光燈下面紅耳赤，不發一語。園子穿著紅色皮夾克。

三月九日早上，我在草野家附近的某車站走廊等候草野家的人。隔著鐵軌可以清晰看見成排店家因強制避難開始拆除的模樣。他們用新鮮的聲音撕裂了清冽的早春空氣。被摧毀的房子，有些地方露出嶄新得耀眼的木頭紋理。

早晨還很冷。這幾天並未聽見警報。這段期間空氣變得越發澄明，此刻甚至纖細地繃緊神經，露出瀕臨崩壞的徵兆。空氣如同一彈就會高雅響起的琴弦。說來倒是令人想起彷彿再幾個瞬間便可達到音樂境界，充滿豐沛虛無的寂靜。就連無人的月台落下的冰冷日光，也為某種音樂的預感似的東西而戰慄。

這時，對面階梯有個身穿藍外套的少女走下來。她牽著小妹妹的手，一階一階護著妹妹邁步。年約十五、六歲的大妹妹耐不住這樣慢慢走，卻也沒有率先衝下樓梯，只是故意在冷清無人的階梯走Z字型。

園子似乎還沒發現我。我倒是看得一清二楚。有生以來我從未在女性身上見過如此令人心動之美。我的心跳加快，心情異常聖潔。這麼寫，看到這裡的讀者恐怕不會相信。因為我對額田姊姊的人為性單戀，和這時的怦然心動想必毫無分別。因為當時那種不留情的分析，沒理由只在這個場合被閒置。如此一來，書寫這個行為從一開始就成了徒勞。因為我寫的東西只不過是想這麼寫的慾望產物罷了。因為我只要能夠自圓其說就萬事OK了。但我記憶中正確的部分，卻宣告我和過去的我存在一點差異。那就是悔恨。

園子只剩兩三階就要走完樓梯時才發現我，她凍得通紅的鮮嫩臉頰露出笑容。她黑眼珠特別大，眼皮有點垂，看似有點惺忪的眼睛閃閃發亮欲言又止。她隨即把小妹交到十五、六歲的大妹手裡，以光芒四射的柔婉身段朝我這邊沿著走廊跑來。

我看著這個宛如清晨降臨朝我跑來的身影。那不是我從少年時代就勉強描繪當成肉慾屬性的女人。若是那樣我只要用虛偽的期待迎接即可。可是傷腦筋的是，我的直覺只在園子身上發現另一種東西。那是我配不上園子的虔誠深情，但並非卑微的自卑感。看著每一瞬朝我接近的園子時，就有種難以忍受的悲哀襲向我。那是從未有過的感情，是足以動搖我的存在根底的悲哀。過去我只用小孩特有的好奇心和虛偽的肉慾這種人為合成的感情去看待女人。打從最初的一瞥，再沒有如此深刻、難以說明，而且絕非我部分偽裝的悲哀動搖心旌。我被迫意識到那是悔恨。但我犯了甚麼罪足以有資格悔恨？雖是明顯的矛盾，但或許也有先於罪惡的悔恨吧？難道是我的存在本身的悔恨？是她的身影從我身上喚起那個？說不定，那根本就是罪惡的預感？

——園子早已令我難以抗拒地站在面前。見我發呆，行禮行到一半的她又再次鄭重朝我鞠躬。

「等很久了嗎？家母和祖母大人（她用了奇妙的語法，自己羞紅了臉）還沒準備好，可能要晚一點到。那個，請再等一下（她拘謹地改口），請您稍等片刻，如果她們還沒來，就先跟我們一起去U車站好嗎？」

她結結巴巴這麼說完後，再次深呼吸。園子是高大的少女。身高到我的額頭。她擁有非常優雅勻稱的上半身和美麗的雙腿。脂粉未施的稚氣圓臉，好似不懂化妝的純真靈魂的肖像。嘴唇微微龜裂，反而平添一抹鮮活色彩。

之後我們閒聊了三言兩語。我全力試圖快活，極力想做個機智豁達的青年。然而我憎恨這樣的我。

電車屢屢在我們身旁停下，又發出笨重的傾軋聲出發。在這個車站上下車的乘客並不多。每次只有照耀我們的溫煦陽光被遮住。但每次電車離去陽光又重回我臉頰的那種安詳令我戰慄。如此豐饒的陽光就在我頭上，如此毫無所求的時時刻刻就在我心中，我感到某種不祥之兆，那是比方說幾分鐘後必定會突然發生空襲，我們將在站立之處當場炸死的不祥之兆。我們似乎連一丁點幸福都不配享有。但，反過來說，這也表示我們已染上惡習，連一丁點幸福都視為恩寵。這樣和園子默默相對，對我內心造成的效果正是如此。想必支配園子的必然也是同樣的力量。

園子的祖母和母親始終沒來，因此我們終於搭乘不知是第幾班的電車去U車站。

U車站的雜沓中，兒子和草野同隊，同樣是要去軍隊面會的大庭氏叫住我們。這個頑固地堅持戴紳士帽穿西裝的中年銀行家，帶著園子也見過的女兒。他女兒的容貌遠比園子遜色，這點不知何故令我竊喜。這種感情是怎麼回事？園子和她親密地交握雙手甩來甩去。看著她們天真爛漫的嬉鬧方式，我發現園子有種安詳的寬容，這是美貌的特權，所以令她看來比實際年齡更成熟幾分。

火車上人不多。我和園子看似偶然地選擇靠窗的位子相向坐下。大庭一行人包括女傭共三人。而我們這邊湊齊後的人數共有六人。九人占據一整排位子的話會多出一人。

我不自覺已在心中如此迅速計算。園子或許也是如此。我倆面對面一屁股坐下後，交換了一個惡作劇的微笑。

計算之困難，造成默認這小小離島的結果。基於禮貌，園子的祖母和母親必須與大庭父女相向而坐。園子的小妹妹立刻選擇可以同時看見母親和窗外風景的位置。她的小姊姊也跟著這麼選擇。所以那邊的座位就像被大庭家女傭託管兩個人小鬼大的女孩的運動場。老舊的椅背，把我和園子隔絕在他們七人之外。

火車尚未發車就已鎮壓一行人的是大庭的饒舌。這種聲音低沉的女性化說話方式，不給對方除了附和之外的任何權利。隔著椅子這堵高牆我能感受到，就連身為草野家說話代表的那位心態年輕的祖母都目瞪口呆。祖母和母親都只是滿口「是、是」，只能在對方每次講到重點時被迫陪笑捧場。大庭的女兒更是一句話也沒說。最後火車終於啟動。

離開車站後，透過骯髒玻璃窗照入的陽光，落在凹凸不平的窗框，以及園子和我的外套膝上。她和我都默默傾聽隔壁說話。她的嘴角不時露出微笑。那立刻感染了我。每次我們都會四目相接。於是園子再次豎耳傾聽隔壁的聲音，露出閃亮的、有點頑皮且毫無防備的眼神，躲開我的注視。

「我打算死的時候就用這副打扮死去。如果穿著國民服[45]或打綁腿死掉，豈不是死不瞑目嗎？我也不讓我女兒穿長褲。讓她像個女孩子家的樣子死去才是做父母的慈悲嘛。」

「是、是。」

「說句題外話，府上疏散避難時要搬行李可以跟我說。家裡沒有男人肯定不方便吧。有甚麼事儘管告訴我。」

「不好意思。」

「我包下T溫泉的倉庫，叫我銀行的員工把行李全都放到那裡。這樣鐵定最安全您說是吧。就算要存放鋼琴甚麼的都沒問題喔。」

「不好意思。」

「說句題外話，令郎部隊的隊長好像人不錯，真是幸運啊。哪像我兒子的隊長，就連懇親面會時家屬帶來的食物據說他都要揩油。這麼搞豈不是和海那頭的人沒兩樣嘛。聽說面會日的隔天隊長就胃痙攣了呢。」

「哎喲，呵呵呵。」

——園子的嘴角似乎又湧現微笑的衝動，看起來很不安。然後她從手提袋取出文庫本。我有點不滿。不過那本書的書名挑起我的興趣。

「妳在看甚麼？」

她把翻開的書背就像扇子一樣笑著舉高到臉前給我看。那是《水妖

45 國民服，太平洋戰爭時日本政府制定類似軍服的服裝，廣為國民使用。

記》[46]，後面括弧註明原文書名「Undine」。

——後方的椅子傳來某人起身的動靜。是園子的母親。她作勢喝止小女兒在座位上蹦蹦跳跳，似乎打算藉此逃離大庭的滔滔不絕。不僅如此，她還把那個吵鬧的小女孩和她老氣橫秋的小姊姊都帶來我們的座位，如此說道：

「來，讓這兩個小搗蛋也跟你們一起玩。」

園子的母親是優雅的美人。不時用微笑妝點她溫柔的說話方式，看起來甚至令人心疼。此刻她這麼說時，她的微笑在我看來也有種悲哀的不安。等園子的母親走後，我和園子又互瞥一眼。我從胸前口袋取出記事本，撕下一張紙用鉛筆寫道：

「妳媽很不放心呢。」

「你在寫甚麼？」

園子斜探出臉。頓時飄來孩子氣的髮香。看完紙片上的字，她低下頭連脖子都紅了。

「對吧，是這樣吧？」

「哎喲，我……」

我們再次四目相對，達成理解。我也感到臉頰發燒。

「大姊，那是甚麼？」

小妹妹伸出手。園子迅速藏起紙片。大妹似乎已經領會這一連串事態的意味。她相當憤怒地板起臭臉。從她誇張地罵小妹便可看出。

我和園子因為這個小插曲，反而打開話匣子。她談起學校的事以及曾經看過的一些小說還有哥哥的事，我也立刻把話題導向一般議論。這是勾搭招術的第一步。我們聊得太熱絡，完全忽略了兩個妹妹，導致她們又回原先的座位去了。於是做母親的又為難地笑著，把這兩個不太中用的小監察官帶回

46 《水妖記》，德國浪漫派作家莫特・富克（Friedrich de la Motte Fouqué）的代表作。描寫水中精靈和騎士的愛與死。

我們的身旁。

當晚，我們在草野部隊附近的M市旅館安頓下來後，已到了就寢時間。大庭氏和我住一間。

只剩下我倆後，銀行家開始發表露骨的反戰論。到了昭和二十年春天，人們只要一有機會便悄悄散播反戰論，因此我早就聽膩了。他壓低嗓門，滔滔不絕訴說銀行某貸款客戶是大型陶瓷公司，正企圖打著彌補戰火損失的名義，大規模生產家用陶瓷器以待戰後恢復和平，又說日本似乎已向蘇聯求和云云，簡直令人不堪其擾。我還有別的事情想獨自安靜思考。他摘下眼鏡後看似異樣腫脹的臉孔，消失在關燈後蔓延的黑暗中，發出兩三聲天真的嘆息緩緩拂過整個被子後，終於開始鼾聲大作，包裹枕頭的新毛巾貼著發燙的臉頰有種刺刺的觸感，我陷入沉思。

每次獨處時總是威脅我的陰暗煩躁加入助陣，使得今早看到園子時動搖我的存在根底的悲哀，再次鮮明地重現心頭。那揭露了我今天說過的字字句句、我一舉手一投足的虛偽。之所以這麼說，也是因為斷定那是虛偽，至少總比臆測那或許全都是虛偽的迷惘痛苦好過一點，因此這種刻意揭發的做法，不知不覺令我安心。即便在這種場合，我對於所謂人類的根本條件、人心的確實構造的執拗不安，也只是把我的內省導向沒有結果的原地打轉。「若是其他青年會怎麼感覺，若是正常人會怎麼想」這種強迫觀念苛責我，即便我認為確實得到的一丁點幸福，也會立時被粉碎。

那種「演技」已內化為我的部分構造。它已不再是演技。偽裝正常人的這種意識，侵蝕我內在本有的正常，我必須一一說服自己，那只是偽裝的正常。反過來說，這也表示我正逐漸變成只相信冒牌貨的人。如此一來，這種劈頭就把我內心對園子的親近視為冒牌貨的念頭，或許是想認定「那其實是真正的愛」的欲求戴著面具出現。如此說來，或許我正要變成一個甚至無法否定自我的人。

——就在我這樣胡思亂想終於昏昏沉沉快睡著時，那種不祥卻又莫名吸引人的低吟在夜晚的空氣中傳來。

「該不會是警報吧？」

我被銀行家的敏銳嚇了一跳。

「誰知道。」

我胡亂回答。警報聲低微地久久不停。

距離面會時間還早，因此大家都在六點起床。

「昨晚警報響了吧？」

「沒有。」

我們在盥洗室互道早安時，園子一臉認真地否認。回到房間，那成為兩個妹妹嘲笑園子的好材料。

「只有大姊不知道啦。哎呀真好笑。」

小妹有樣學樣瞎起鬨。

「連我都驚醒了。結果就聽見大姊大聲打呼。」

「對呀。我也聽見了。打呼聲太吵，甚至連警報都聽不清楚。」

「虧妳們說得出口。有本事就拿出證據來。」——園子因為我在場，面紅耳赤地極力反駁。

「講那麼過分的謊話，到時候會倒大楣喔。」

我只有一個妹妹。從小我就嚮往姊妹眾多的熱鬧家庭。這種半開玩笑的姊妹鬥嘴，在我看來是這世間幸福最鮮明確實的景象。那又再次喚起我的痛苦。

早餐的話題幾乎都圍繞著昨晚那想必是進入三月以來第一次響起的警報。大家都渴望歸結到「之前都是警戒警報始終沒響起空襲警報，因此肯定不會有甚麼大事」這個結論。至於我，甚麼結論都無所謂。如果在我外出期間我家被燒個精光，父母弟妹都死了，我想那想必也很乾脆痛快。我並不認為這是冷酷無情的幻想。人們所能想像的事態幾乎天天都在坦然發生，反而讓我們的幻想力變得貧乏。比方說全家死光的想像，遠比想像銀座的店頭陳列成排洋酒，銀座的夜空有霓虹燈閃爍更加容易，所以我只是選擇更容易的一方。感覺不到抵抗的想像力，哪怕帶有多麼冷酷的相貌，也和心靈的冷漠無關。那只不過是一種怠惰溫吞的精神表現罷了。

昨晚獨處時自以為是悲劇演員的我，此刻判若兩人，走出旅館時的我已以輕浮的騎士自居想替園子拿行李。那是當著大家的面刻意博取效果的做法。如此一來，她的顧忌將會被翻譯成忌憚祖母和母親的顧忌，而非對我的顧忌，這個結果想必也會欺騙她自己，讓她明確意識到她和我的關係已經親密到會顧忌祖母和母親的地步。我這個小策略成功了。把旅行袋交到我手裡後，她像要辯解似的，沒有再離開我身旁。明明有同齡的小夥伴在場，園子卻沒有理睬她，只顧著和我說話，令我不時滿懷不可思議地打量她。初春時節迎面吹來灰撲撲的風，吹散了園子純真得幾乎哀切的甜膩聲音。穿著外套的我抬手掂一掂她的旅行袋重量。這個重量，勉強試圖替糾結在我心底宛如通緝犯的心虛辯解。——快要走到市郊時，祖母第一個走不動了。銀行家只好折返車站，不知用了甚麼巧妙手段，不久便替一行人雇了兩輛出租車回來。

「嗨，好久不見。」

和草野握手時，那種彷彿摸龍蝦殼的觸感令我的手打個冷顫。

「你的手……是怎麼搞的？」

「呵呵，很驚訝吧？」

他身上已帶有新兵特有的令人心疼的淒涼氣質。他把雙手併攏伸到我面前。紅腫龜裂和凍瘡，裹著凝固的灰塵和油垢，形成蝦殼般可憐的手。而且他的手潮濕冰冷。

那雙手恫嚇我的方式，正如同現實恫嚇我的方式。我對這樣的手本能地感到恐懼。其實讓我感到恐懼的，是這毫不容情的雙手向我內心告發、對我內心控訴的某種東西。是唯獨在這雙手面前任何事都無法作假的恐懼。這麼一想，園子這另一個存在，頓時意味著我抵抗這雙手的柔弱良心唯一的盔甲、唯一的鎖子甲。我感到自己無論如何都不能不愛她。那成了比我心底的心虛更糾結在心底的必然責任。……

毫不知情的草野天真地說，

「就說洗澡的時候吧，我只要用這雙手一搓，都不需要搓澡布了。」

他的母親輕聲嘆息。我只感覺在場的自己厚著臉皮很多餘。園子不經意仰望我。我垂下頭。雖然沒道理，我還是覺得自己必須向她道歉。

「出去吧。」

他用有點難為情的粗魯態度推祖母和母親的背。空曠的軍營院子的乾枯草皮上，到處都有全家圍坐成一圈，忙著給候補生們打牙祭。遺憾的是，不管怎麼揉眼睛，那在我看來終究不是美妙情景。

最後草野也同樣盤腿坐在圓圈中央，一邊狼吞虎嚥西式糕點，一邊東張西望，指著東京那個方向的天空。從這片丘陵地帶可以遠眺枯野遠方的M市盆地，更遠處低矮的山脈起伏之間，就是東京的天空。早春寒雲在那一帶落下稀薄的陰翳。

「昨晚那邊一片火紅，可見災情慘重。你家不知還在不在呢。那片天空整面通紅，是過去的空襲從未有過的現象。」

——草野一個人神氣活現地滔滔不絕，他說祖母和母親等人如果不盡快疏散到鄉下，他簡直每晚都擔心得睡不著。

「知道了。我們一定會盡快避難。奶奶向你保證。」

祖母好強地說。然後從腰帶之間取出小記事本和牙籤那麼細小的銀灰色自動鉛筆詳細記下。

回程的火車很憂鬱。在車站會合的大庭氏，也變得判若兩人緘默不語。

大家似乎都成了所謂「骨肉親情」——平時藏在內心，一旦被翻出就會火辣辣刺痛的那種感想——的俘虜。想必是憑著彼此見面後除此之外無從表示的赤裸真心，察覺他們見到兒子或兄長或孫子或弟弟後，那顆赤裸真心只不過是在誇示彼此無益的出血，徒留空虛。至於我，也被那雙可憐的手的幻影糾纏不放。掌燈時分，我們的火車抵達要轉乘國鐵電車的O車站。

在那裡，我們終於目睹昨晚那場空襲的受害證據。天橋上擠滿受災者。他們裹著毛毯，露出甚麼也不看甚麼也不想的眼睛，或者該說只是露出眼球。有個母親看起來似乎打算用同樣的振幅永遠搖晃膝上的孩子。也有個女孩倚靠行李，頭上帶著已半是燒焦的假花。

我們經過他們之間時，甚至沒有收到責難的眼神。我們被他們漠視。只因為沒有同他們分享不幸，我們的存在理由就遭到抹殺，被視為影子。

儘管如此，在我內心還是有某種東西熊熊燃起。在這裡的「不幸」隊伍給我勇氣和力量。我理解了革命帶來的激昂。他們親眼看見了規定自己存在的種種事物陷入火海。他們看到了人際關係、愛恨、理性、財產都付之一炬。那時他們並不是與火戰鬥。他們是在和人際關係戰鬥，和愛恨戰鬥，和理性戰鬥，和財產戰鬥。那時他們就像遇難船隻的船員，被賦予了可以殺死一人換取一人生存的條件。為了救戀人而死的男人，不是被火殺死，是被戀人殺死；為了救小孩而死的母親，正是被小孩殺死。在那裡，對戰的想必是人類前所未有的普遍的、根本的各種條件。

我在他們身上看見醒目的戲劇在人臉上留下的疲憊痕跡。某種熾熱的確信在我心頭迸發。雖只是短短幾瞬間，我感到自己對人類根本條件的不安，已被徹底抹去。心頭充斥吶喊的衝動。

如果我再多一點內省的能力，多一點睿智，或許我已立刻開始思索那條件了。但滑稽的是，某種幻想的熱情，令我第一次伸手去摟園子的腰。說不定就連這個小動作都在告訴我自己，愛這個名稱已經甚麼也不是。我們就保持這姿勢，先於一行人快步走過昏暗的天橋。園子甚麼也沒說。

——然而，當我們在明亮得不可思議的電車內安頓下來互視對方時，我發現園子凝視我的眼睛散發某種無措的、卻又黝黑柔軟的光芒。

轉乘都內的環狀線電車後，車上九成乘客都是受災者。這裡激烈散發更露骨的火焰氣息。人們毋寧是自豪地高聲談論自己剛剛經歷的危難。他們正是「革命」的群眾。因為他們是懷抱光輝的不滿、充溢的不滿、意氣昂揚、興高采烈的不滿的群眾。

我獨自在S車站與一行人分開。把她的旅行袋交還到她手中。沿著漆黑的道路一路走回家，我一再想起自己的手裡已經沒有那個旅行袋。於是，我霍然明白那個旅行袋在我們之間扮演了多麼重要的角色。提著它是件小小的苦差事。為了不讓良心過於冒出頭，我總是需要在身上栓個沉重的墜子，換個說法也就是需要苦差事。

家人若無其事地迎接我。雖說都是在東京其實幅員遼闊。

過了兩三天，我帶著說好要借給園子的書造訪草野家。這種場合二十一歲男孩會替十九歲少女挑選的小說，不用舉出書名想必也大致猜得到。自己正在做正常人都會做的普通行為，這種喜悅於我而言滋味格外不同。湊巧園子去附近據說很快就會回來，於是我在客廳等她。

這時初春的天空變得昏暗如灰色鹼水，開始下雨了。園子似乎半路淋到雨，頭髮處處閃爍水滴，就這麼走進昏暗的客廳。縮起肩膀拘謹地坐在長椅的黑暗角落。她的嘴角又滲出微笑。紅夾克胸前的兩團渾圓在昏暗中浮現。

我們聊得是多麼戰戰兢兢又木訥寡言啊。兩人獨處的機會，對我倆是頭一次。那次小旅行，去程在火車上的輕鬆對話，我發現有八、九成都得歸功於鄰座的大嘴巴和兩個妹妹。就連像上次那樣在紙上寫出短短一行情書交給她的勇氣，今天也無影無蹤。我遠比上次更謙虛。我如果放任自己不管或許會忍不住變成誠實的人，但我並不害怕在她面前變成那樣。是因為我忘了演戲嗎？忘了一個完全正常的人談戀愛該有的表演？不知是否因此，我感覺自己完全不愛這清新鮮嫩的少女。但我和她在一起感覺很自在。

驟雨停了，夕陽照入室內。

園子的眼睛和嘴唇閃閃發亮。那種美麗被翻譯成我自身的無力感壓迫我。於是這種苦澀反而讓她的存在顯得虛幻不定。

「就連我們，」——我開口說。「也不知能夠活到甚麼時候。也許馬上就會響起警報。那架飛機，說不定載著直擊我們的炸彈。」

「那該有多好。」——她撫弄著蘇格蘭花呢格紋裙的摺縫，但當她這麼說著抬起臉時，細微汗毛的光芒替臉頰鑲了金邊。「我覺得……如果飛機無聲襲來，在這時候丟下炸彈該多好……你不這麼認為嗎？」

說這番話的園子自己都沒察覺，這是愛的告白。

「嗯……我也這麼想。」

我一本正經回答。園子當然不可能知道這個答案是如何根植於我深深的願望。不過仔細想想，這種對話委實滑稽之至。若是和平年代，除非相愛至深否則根本不可能出現這種對話。

「生離死別真是讓人煩透了。」為了掩飾難為情，我刻意語帶嘲諷。「有時妳不會有這種感受嗎？在這種時代，離別才是日常，相聚反而是奇蹟……我們能夠這樣聊個幾十分鐘，仔細想想說不定才是奇蹟性事件……」

「對，我也是……」──她似乎欲言又止。然後以很嚴肅，卻又讓人感覺舒坦的平靜態度說，「才剛見面立刻又要各分東西呢。祖母大人急著要去鄉下避難。前天一回來，立刻就打電報給住在N縣某村的伯母了。結果今早，對方打長途電話回覆了。原來祖母發電報是請對方幫忙找房子。伯母說，就算現在找也找不到房子，叫我們不如暫時去她家避難。伯母還說這樣更熱鬧，非常歡迎。祖母性急地說我們兩三天之內就會過去。」

我沒有隨口接腔。因為我心裡受到的打擊，連我自己都覺得訝異。我在不知不覺中因為太舒坦，竟然產生一種錯覺，以為一切都會保持這個現狀，兩人就此度過不能沒有對方的歲月。就更深層的意義而言，那對我是雙重錯覺。她宣告別離的這番話，告知此刻相會的虛無，揭發此刻的喜悅只不過是假象，粉碎了以為那會是永遠的幼稚錯覺，同時，當我醒悟就算沒有別離降臨，男女關係也不容許一切停留在這種狀態時，也粉碎了另一種錯覺。我幾乎窒息地覺醒。為什麼不能保持現狀？少年時代或許已問過幾百遍的疑問又衝到嘴邊。為什麼我們非得被賦予破壞一切、令一切變遷、不得不將一切委於世事流轉的古怪義務呢？這種極端不快的義務就是世間所謂的「人生」嗎？該不會只有我一人視為義務？至少，感到那種義務是沉重負擔的肯定只有我。

「沒想到妳要走了……不過，就算妳留在這裡，不久的將來我也得走了……」

「你要去哪裡？」

「三月底或四月初起又得住進某個工廠。」

「萬一碰上空襲，會很危險吧。」

「對，很危險。」

我自暴自棄地回答。就此匆匆離去。

——翌日我整天都沉浸在逃脫「必須愛她」這項必然責任的安逸中。我大聲唱歌，踢開可恨的《六法全書》，非常快活。

這奇妙的樂觀狀態持續了一整天。孩子氣的熟睡降臨。直到深夜的警報再次響起打破沉睡。我們一家嘀嘀咕咕抱怨著躲進防空洞，結果甚麼事也沒發生，隨即聽見解除警報的通知。在防空洞中打瞌睡的我，肩上扛著鐵頭盔和水壺，最後一個走上地面。

昭和二十年的冬天很難纏。春天明明已踩著豹子般輕盈的腳步造訪，冬天卻仍如牢籠，陰暗又頑強地擋在它前面。星光仍有寒冰的光芒。

我惺忪的睡眼，在圍繞星光的常綠樹叢中央，發現幾顆溫暖朦朧的星星。凌厲的夜晚空氣混入我的呼吸。突然間，我被「自己愛著園子，不能和園子一起生活的世界對我毫無價值」這個觀念震懾。內在的聲音說，忘得了的話你就忘忘看。於是，彷彿上次在清晨的月台發現園子身影時那樣，動搖我的存在根底的悲哀又緊接著迫不及待地湧現。

我難以忍受。拼命跺腳。

但我還是又忍了一天。

第三天傍晚，我又去找園子。看似工匠的男人正在玄關門口打包行李。在沙地上用草蓆包裹貌似長方形衣箱的東西，再用粗繩綁緊。我看了頓感不安。

現身玄關的是她祖母。祖母身後是已經打包完畢只等搬走的成堆行李，玄關的脫鞋口布滿稻草屑。見祖母驀然面露困惑，我決心不見園子立刻離去。

「請把這些書交給園子小姐。」

我像書店店員似地遞上兩三本浪漫小說。

「每次都麻煩你真不好意思。」——祖母也沒喊園子來，如此說道。「我們明晚就要出發去某村了。一切都進展得很快，沒想到這麼快就要出發了。這個房子將租給T先生，當作T先生的員工宿舍。真的很遺憾。我的孫女們都能與你親近本來很高興的。請你有空來某村玩。等我們安頓好了就會寫信，屆時請一定要來玩。」

擅長社交的祖母這番客套話聽來並未令人不快。但是和她過於整齊的假牙一樣，這番話只不過是毫無生命的文字組合。

「祝各位健康平安。」

我只能這麼說。園子的名字我說不出口。這時，就像是被我的躊躇引來的，園子現身後方階梯的轉角處。她一手拿著裝帽子的大紙盒一手抱著五六本書。從高窗灑落的光線照耀她的頭髮明亮如火。看清是我後，她發出讓祖母嚇一跳的叫聲。

「請等一下！」

之後她像瘋丫頭一樣咚咚咚跑上二樓。我看著吃驚的祖母不禁大為得意。祖母一邊道歉家裡堆滿行李也沒房間請我進去坐，一邊形色匆匆地遁入裡屋。

不久，園子滿臉通紅地跑下來了。面對呆站在玄關一隅的我，她不發一語逕自穿好鞋子直起身子，說要送我一程。這種命令式的高亢嗓門有種感動我的力量。我用靦腆的動作撫弄制服帽，一邊凝視她的動作，心中似乎有甚麼猛然止住了腳步聲。我們身體緊挨著走向門外。默默走下通往大門的碎石子路。園子驀然停下腳重新綁鞋帶。沒想到異樣耗時，我只好獨自走到大門口望著街道等她。那時我根本不了解十九歲少女可愛的小伎倆。她是有必要讓我走在前頭。

突然間，她的胸脯從後方撞上我的制服右臂。就像車禍，是某種偶然的恍神狀態造成的衝撞。

「……呃……這給你。」

我的手掌心被堅硬的西式信封邊角刺痛。我差點就要像掐死小鳥一樣捏爛那個信封。我難以置信那封信的重量。我看著自己掌上充滿女學生情趣的信封，就像看到不該看的東西似地偷瞄。

「待會……你回去之後再看。」

她彷彿被人搔癢似地用喘不過氣的低聲囁嚅。我問：

「回信要寄到哪裡？」

「裡面……我有寫……某村的住址。你就寄去那裡。」

說來可笑，我忽然開始期待別離。那有點類似玩捉迷藏時，當鬼的人開始數數，大家就朝各個方向鳥獸散那瞬間的期待。我就是有這種事事都能拿來享樂的奇妙天分。拜這種離經叛道的天分所賜，我的怯懦，就連我自己都經常誤認為勇氣。然而，那種天分，或許該稱為對人生完全不做選擇的人的甜蜜補償。

我們在車站剪票口道別。連手都沒握。

有生以來第一次收到情書令我喜出望外。我等不及回到家，也顧不得他人目光，在電車上就拆信。頓時大量的剪影卡片和教會學校的學生會喜歡的外國製彩色圖卡幾乎灑落一地。其中有一張摺疊的藍色信紙，在迪士尼卡通《狼孩子》的圖畫下方，用彷彿習字課練出來的工整字體這麼寫著：

> 得您借閱書籍倍感惶恐。托您之福，讀來津津有味。衷心期盼您在空襲下也能平安度過。等到在那邊安頓下來會再寄信給您。地址是〇縣〇郡〇村〇號。隨信附上微不足道的小東西聊表謝意，還請笑納。

這真是了不起的情書啊。我原先欣喜若狂的傲氣被狠狠挫敗，臉色蒼白地笑了出來。我心想，鬼才會回信咧。那等於是給印刷的制式化謝卡回覆客套話。

可是回到家之前這三、四十分鐘的路程中，一開始那種「想回信」的要求，逐漸替我起初「欣喜若狂的狀態」辯護。不難想像，那種家庭教育根本不適合學習如何寫情書。第一次寫信給男人，種種念頭肯定令她難以下筆。因為她當時的一舉一動，的確道出了比這種毫無內容的信函更多的內容。

突然間，我陷入來自另一個方向的憤怒。我又拿《六法全書》出氣，把它狠狠砸向房間牆壁。我譴責自己簡直太沒出息！面對十九歲的女孩，居然貪心地等著對方主動愛上自己。為什麼自己沒有採取更俐落的攻勢！我自知猶豫不決的原因就是來自那種異樣的、來歷不明的不安。既然如此我為何又要去找她？好好回想一下吧，你十五歲時還過著那個年齡該有的生活。十七歲時，也還馬馬虎虎，可以和人並肩同行。可是二十一歲的現在呢？友人說你會死於二十歲的預言雖然尚未成真，基本上也已無望戰死。好不容易到了這個年紀，居然為了和一個不通世事的十九歲少女的初戀束手無策。嘖！你可真是成長得好啊。到了二十一歲才頭一次嘗試和女人魚雁往返，你該不會是算錯了歲月時間吧？而且你到這個年紀還不知接吻滋味吧？你這個留級的廢物！

於是又有另一個陰暗執拗的聲音揶揄我。那個聲音帶有幾乎是熾熱的誠實，有種和我毫不相干的人情味。聲音緊接著又這麼乘勝追擊。——你說那是愛？姑且就算是吧。但你對女人有欲望嗎？你自欺欺人地以為只有對她沒有「下流心思」，難道打算忘記你過去對女人從來沒有「下流心思」？基本上你有資格使用「下流」這種形容詞嗎？你可曾起過想看女人裸體的心思？你可曾幻想過園子的裸體？你這個年紀的男人看到年輕女孩時通常總會忍不住幻想對方的裸體，這個不證自明的道理，你應該也用拿手的類推心中有數吧？我為何講這種話，你不妨捫心自問。類推不是可以做小小的修正嗎？昨晚你睡著之前好像又沉淪那個老毛病吧。如果你要說那個習慣就像睡前禱告也可以。那是小小的邪教儀式，人人都免不了那樣做。用慣代用品後，使用起來的感覺也不壞。尤其這玩意可是效果一流的安眠藥。不過，當時你心頭浮現的好像不是園子吧。總之是奇妙荒謬的幻影，讓我這個旁觀者每次都看得心驚膽戰。白天你走在街上，只顧著打量年輕士兵和水兵。他們都是你喜歡的那個年紀、曬得黝黑、看起來就和知識無緣、嘴角羞澀的年輕人喔。你看著這種年輕人，當下就在目測對方的身圍吧。難道你從大學法律系畢業後準備當裁縫嗎？你最愛二十歲的無知年輕人宛如幼獅的修長胴體吧。你在心中可曾嘗試剝光昨天一整天看到的那種年輕人？你在心中準備採集植物用的採集筒，採集了幾個 Ephebe 的裸體。然後從這幾人中選出那種邪教儀式時的獻祭活體。最後你選出中意的一人。好，接下來就令人目瞪口呆了。你把那個犧牲者帶到奇妙的六角柱旁。拿出偷藏的繩子將這裸體的犧牲者雙手反綁在柱子上。你需要充分的抵抗，充分的叫喊。然後你對犧牲者做出懇切的死亡暗示。就在這過程中，你的嘴角湧現不可思議的純真微笑，你從口袋取出銳利的刀子。你靠近犧牲者，拿刀尖輕輕撩動緊繃的側腹皮膚愛撫他。犧牲者發出絕望的叫喊，扭身試圖躲避刀子，恐懼令他心跳急促，赤裸的雙腳不停顫抖，膝蓋互相打架。刀子狠狠捅進側腹。當然這是你犯下的凶行。犧牲者仰身彎成弓形，發出孤獨悲慘的叫喊，被戳刺的腹部肌肉痙攣。刀子以收回刀鞘的冷靜狀態埋在痙攣的皮肉中。鮮血冒著泡沫泉湧而出，流向光滑的大腿。

　　你的歡喜在這瞬間，正是人性化的表現。因為，你的固定思維中的**正常**，正是在這瞬間屬於你。不管對象怎樣，你從肉體深處開始發情，就這發情的**正常**而言，你和其他男人毫無不同。你的心因原始的惱人充溢而動搖。你的心重現野蠻人的深深歡喜。你兩眼發亮，渾身血液沸騰，你洋溢著蠻族具有的諸種生命表徵。Ejaculatio 之後，你身上也留著野蠻讚歌的餘溫，男女交媾後的那種悲哀不會襲向你。你因放蕩的孤獨而發光。你在古老長河的記憶中蕩漾半晌。體會到蠻族生命力至極感動的記憶，在某種偶然下，或許已徹底占領了你的性功能與快感。你還急著要說謊掩飾甚麼啊。有幸接觸到人類存在的這種深刻歡喜的你，居然還需要愛情或精神甚麼的，簡直令人費解。

乾脆，我看這樣如何？何不在園子面前發表你古怪的學位論文？那是〈論 Ephebe 的胴體曲線和血液流出量的函數關係〉這種高深的論文。換言之你選擇的胴體，是光滑、柔韌、充實，而且血流淌落時會勾勒出最微妙的曲線的那種年輕胴體。是賦予淌落的汩汩鮮血最美的自然花紋——就像流貫平野的不知名小河，被砍斷的古老巨樹露出的年輪——的那種胴體。不是嗎？

——的確沒錯。

儘管如此，我的自省能力，就像將細長紙片彎曲再把兩端黏合形成紙圈，具有那種無法輕易推測的構造。以為是表面結果卻是背面。以為是背面結果又是表面。日後那個週期自然是漸趨緩慢，但二十一歲時的我，只是被蒙著眼在感情的週期軌道上打轉，那種旋轉速度拜戰爭末期倉促的終結感所賜，幾乎令人暈眩。無論是原因、結果、矛盾或對立，我全都無暇一一深入。矛盾依然是矛盾，只是以目不暇給的速度匆匆掠過。

耗了一小時，我滿腦子只想著要好好回覆園子的來信。

……就在這期間櫻花開了。無人有空出門賞花。想必只有我們大學系上的學生會去看東京的櫻花。我在大學放學後就獨自或和二三友人緩緩漫步S池畔。

櫻花看起來不可思議地嬌媚。到處都沒見到堪稱櫻花外衣的紅白布幕，及茶店熱鬧的賞花客，還有賣氣球賣風車的小販，因此常綠樹之間盡情綻放的櫻花，感覺彷彿看到花的裸體。大自然無償的奉獻，大自然無益的揮霍，讓這個春天看起來比甚麼都美麗甚至妖豔。我萌生不快的懷疑，懷疑大自然是否將再次征服地表。因為這春天的花團錦簇非比尋常。油菜花的明黃，嫩草的翠綠，櫻花樹幹清新的黝黑，樹梢堆積的簇簇繁花猶如華蓋，在我看來全都是帶有惡意的鮮豔色彩。那簡直是一場色彩的火災。

我們爭辯著無聊的法律論，走過成排櫻樹和池塘之間的草皮。當時我深愛Y教授的國際法這堂課的諷刺效果。教授在空襲下灑脫地繼續講解不知幾時會結束的國際聯盟。我感覺就像在聽麻將或西洋棋課程。和平！和平！這種猶如整天在遠方響起鈴聲的動靜，在我聽來只是耳鳴。

「這是物權請求權的絕對性的問題。」

雖然膚色黝黑身材高大，卻因嚴重的肺浸潤沒有被抓去當兵的A這個鄉下學生說。

「別說了，無聊透頂。」

臉色蒼白一看就知有肺結核的B打斷他的話。

「天上有敵機，地上有法律……哼……」我嗤鼻一笑。「天上有榮光，地上有和平啊。」

不是真正罹患肺病的僅有我一人。我偽裝心臟病。這是若無勳章就得有疾病的時代。

踐踏櫻樹下草皮的聲音驀然令我們駐足。腳步聲的主人看到我們似乎也嚇了一跳。那是個穿著有點髒的作業服和木屐的年輕男人。看得出年輕只是因為他的戰鬥帽底下露出五分頭的髮色，混濁的臉色和滿臉鬍渣，以及沾滿油垢的手腳和髒兮兮的咽喉，顯示和年齡無關的淒慘疲憊。男人的斜後方，有個年輕女人低著頭似乎在鬧彆扭。她也綁著頭髮，身穿卡其色襯衫，下面穿了唯有那裡看似異樣新鮮、嶄新的深色白點勞動褲。肯定是兩個徵用工偷偷約會。他們似乎從工廠蹺班一天出來賞花。看到我們之所以嚇一跳，大概是以為我們是憲兵。

這對情侶討人嫌地翻著白眼瞄我們，就此走過。之後我們都不大想說話。

櫻花尚未完全盛開時法學院就再次停課，學生被動員去距離S灣數里的海軍工廠義務勞動。同一時期，母親和弟妹也去了在郊外有小農園的舅舅家避難。東京的家中只剩老氣橫秋、還在念中學的書生留下來伺候父親。沒有米的日子，書生就把大豆煮熟後細細研磨，煮成嘔吐物似的豆粥給父親吃，他自己也吃那個。至於所剩不多的庫存副食品，被他趁著父親不在家時精明地一點一點偷吃掉了。

海軍工廠的生活步調很慢。我負責圖書館和挖洞的作業。用來疏散零件工廠的大型橫穴防空洞，就是我和一群台灣少年工一起挖的。這些十二、三歲的小惡魔是我心目中最好的朋友。他們教我台灣話，我講童話故事給他們聽。他們堅信台灣的神會保佑他們不被空襲炸死，而且將來有一天一定會送他們平安回國。他們的食慾已至非人的地步。一個機靈的小滑頭趁當班伙夫不注意偷來白米和蔬菜，注入大量機油炒成炒飯。我對他們要請我吃的這道恐怕帶有齒輪味的大餐敬謝不敏。

不到一個月的時間，我和園子的通信逐漸變得有點特別。我在信中盡情地大膽揮灑。某個上午，聽到解除警報回到工廠時，我讀著放在桌上的園子來信，雙手不禁顫抖。我陷入輕微的酩酊。我在口中一再喃喃重複信中的某一行。

「……我很思念你。……」

「不在」給我勇氣。距離賦予我「正常」的資格。我等於具備了臨時雇用的「正常」。時間與空間的距離，使人的存在抽象化。對園子的痴心傾倒，以及與之毫不相干、逸脫常規的肉慾，拜這抽象化所賜，或許等質在我心中結合，毫無矛盾地在時時刻刻中讓我這個存在固定下來。我很自在。每日生活是無法形容的愉快。也有傳言說敵人將從S灣登陸，這一帶恐怕會被席捲，因此就連死亡的希望，在我身邊都比以前更濃厚了。在這種狀態下，我的確是「對人生抱著希望」！

四月已過了一半的某個星期六，我難得獲准外宿回到東京的家。我打算從家中自己的書架拿幾本書帶去工廠看，之後再去郊外找母親他們，在那裡過夜。但是回去的電車遇上警報走走停停之際，我忽然一陣惡寒。強烈的暈眩襲來，高熱與倦怠席捲全身。根據以往的多次經驗，我知道這是扁桃腺發炎的症狀。回到家讓書生替我鋪床後我立刻躺下。

過了一會，樓下傳來熱鬧的女人聲音，那刺耳的聲音貫穿我發燒的額頭。隨即響起某人上樓梯小碎步跑過走廊的聲音。我微微睜眼，只見大花圖案的和服下襬。

「——你怎麼了？真沒用。」

「搞甚麼，原來是千子啊。」

「你這是甚麼態度。我們都五年沒見了。」

她是我家的遠親。名叫千枝子，親戚之間都喊她千子。比我大五歲。上次見面還是在她的婚禮上，但去年她的丈夫戰死後，聽說她變得活潑過度有點瘋癲。是那種讓人想慰問她都不知從何說起的活潑。我目瞪口呆保持沉默。她頭上如果不戴那大朵白色假花還好一點。

「今天我是來找阿達的。」她直呼我父親達夫的名字，「我是為了疏散行李來拜託他。上次爸爸不知在哪遇見阿達，聽阿達說要介紹一個好地方。」

「我爸今天可能會回來得有點晚。不過那不重要。」——她的嘴唇太紅令我不安。或許是因為發燒，那種豔紅格外刺痛眼睛，我的頭痛變得更嚴重了。「不過……這年頭妳化那麼濃的妝走在外面都沒有被批評嗎？」

「你也到了會在意女人化妝的年紀了？這樣躺著，看起來分明還是剛斷奶的年紀。」

「妳很煩耶，走開啦。」

她故意湊近。我不想讓人看見我穿睡衣的樣子，因此把被子拉高到脖子。她的手掌突然伸向我額頭。那刺骨的冰冷湊巧正是此刻我需要的，令我很感動。

「很燙耶。你量過體溫了嗎？」

「正好三十九度。」

「需要冰敷喔。」

「家裡哪有冰塊。」

「我來想辦法。」

千枝子啪啪互相拍打雙袖，一臉開心地下樓去了。之後又上樓來，一臉平靜地坐下。

「我讓那個男孩去拿了。」

「謝謝。」

我望著天花板。她拿起枕邊的書時，絲綢和服的冰涼袖子拂過我臉頰。我忽然渴望那冰涼的衣袖。我想拜託她把袖子放在我額頭上，不過想想還是算了。房間開始暗下來了。

「跑腿的怎麼去了那麼久。」

發燒的病人會憑著病態的準確性判斷時間。我覺得時間還早，並未到足以讓千枝子特別抱怨「那麼久」的地步。過了兩三分鐘她又說，

「怎麼那麼久。那孩子到底在搞甚麼。」

「就跟妳說並不久！」

我神經質地怒吼。

「可憐你激動成這樣。把眼睛閉上吧。不要用那麼可怕的眼神瞪著天花板。」

閉上眼後，眼皮鬱積熱氣令我很難受。驀然感到有東西碰觸額頭。同時也有若有似無的呼吸觸及額頭。我撇開頭，無意義地吐氣。頓時呼吸中有異樣熾熱的氣息夾纏而來，我的嘴唇突然被沉重油膩的東西封住。牙齒相撞發出聲音。我不敢睜開眼看。之後一雙冰冷的手掌用力夾住我的臉頰。

最後千枝子抽身離開，我也半支起身子。我倆在薄暮中互相瞪視。千枝

子的姊妹都是蕩婦。顯然同樣的血液也在她體內沸騰。但那沸騰的血液，和我生病的高熱結合成某種難以說明的奇妙親和感。我徹底坐起來說，「再來一次。」書生回來之前，我們沒完沒了地不停接吻。「就只有接吻喔，就只有接吻喔……」她不斷這麼強調。

——我不知道這接吻是否帶有肉慾。不管怎樣，初體驗本身就只是一種肉慾，因此這個場合或許根本無須去分辨。就算從我的陶醉抽出那個觀念性要素也沒用。重點是我已成為「有接吻經驗的男人」。就像疼愛妹妹的男孩，在外面一拿到好吃的點心立刻想著「好想給妹妹也吃吃看」，我和千枝子擁抱時也一直想著園子。之後我的心思都集中在和園子接吻的幻想。那是我犯下的第一個，也是最嚴重的誤算。

不管怎樣，我對園子的思念令這個初體驗漸顯醜陋。隔天千枝子打電話來，我也謊稱明天就得回工廠，爽約沒有去見她。我漠視這種不自然的冷漠是源於初吻沒有得到快感的事實，我讓自己認定是因為愛著園子才會覺得和別人接吻很醜陋。這是我第一次利用對園子的愛當作自己的藉口。

一如初戀的少年少女，我和園子交換了照片。她來信說把我的照片鑲嵌在墜子裡掛在胸前。可是園子給我的照片大得只能放進公事包。連外套暗袋都裝不下，我只好用包袱巾包著隨身攜帶。我怕我外出時工廠失火，回家時也把照片帶回來。有一次，回工廠的夜間電車突然遇上警報關了燈。之後原地停車避難。我摸索著尋找上方行李架。結果放在那裡的大包連帶裝照片的包袱都被偷了。我這人很迷信。打從那天起，必須趕快去見她的不安就糾纏我不放。

五月二十四日晚間的空襲，就像三月九日半夜的空襲一樣決定了我。想必我與園子之間必須有一種這麼多不幸釋放出來類似瘴氣的東西。那似乎就像某種化合物需要硫酸的媒介一樣。

躲在平野和丘陵相接處挖出的無數防空壕溝中，我們看到東京的天空燒得火紅。不時發生爆炸，火光反映到天空，雲層之間露出藍得不可思議的天空。深夜裡居然出現瞬間藍天。無力的探照燈，簡直像是歡迎敵機的照明燈，在那淡淡光芒的交錯中，屢屢有敵機的機翼閃光，靠近東京的探照燈此起彼落輪流發光，完成殷勤誘導的任務。高射炮的射擊最近也是零零星星。B29轟炸機輕輕鬆鬆便抵達東京上空。

從這裡真的可以分辨出在東京上空進行空戰的敵我雙方嗎？儘管如此，看著以火紅天空為背景，遭到擊落的機影，看熱鬧的眾人還是一齊大聲喝采。其中尤其吵鬧的是少年工們。處處都有防空壕溝冒出劇場那種掌聲和叫聲。我想，對於在這裡遠觀的人們而言，墜落的飛機是敵方還是我方在本質上都沒有太大不同。戰爭就是這麼回事。

——隔天早上，踩著還在冒煙的枕木，越過半燒焦的細長木板鋪成的鐵橋，沿著不通的民營鐵路走了半程回到家，我發現只有我家附近沒被燒毀。湊巧回來這邊過夜的母親和弟妹，經過昨晚的大火反而精神百倍。大家分食從地下挖出的罐裝羊羹慶祝逃過戰火。

「哥哥正熱戀某人吧。」

性情活潑的十七歲妹妹走進我房間說。

「誰這麼告訴妳的？」

「我就是知道。」

「我不能喜歡別人嗎？」

「不是啦。那你甚麼時候要結婚？」

我愣住了。心情就像通緝犯聽見不知情的人偶然提起和犯罪有關的事情。

「我不會結甚麼婚。」

「那樣太不道德了。你打從一開始就不想結婚還跟人家熱戀？真討厭，男生都是壞蛋。」

「妳再不走，我就拿墨水潑妳囉。」——剩下我一人後，我在口中喃喃重複。「差點忘了，這世上也有所謂的婚姻。還有小孩。我怎麼會忘了那個呢。至少怎麼會假裝忘記呢。結婚這微渺的幸福，也只是在戰爭激化的影響下，產生不可能的錯覺罷了。其實結婚對我或許是極為重大的幸福。重大到令人寒毛倒豎……」——這種想法，促使我下定矛盾的決定，這幾日之內我一定得見到園子。這是愛嗎？如果真是如此，當某種不安藏在我們內心時，或許就像以奇怪的熱情呈現在我們身上的那種「對於不安的好奇心」？

園子和她的祖母及母親再三寫信邀請我去玩。但我不想住在她的伯母家，因此寫信給園子請她代為尋找旅館。她一一詢問村中旅館。但每一家都已被官方臨時徵用或軟禁著德國人，因此都不行。

旅館——我陷入幻想。那是我從少年時代就有的幻想的實現。也是我嗜讀愛情小說帶來的不良影響。說到這裡，我對事物的想法，倒是有點唐吉訶德的風格。嗜讀騎士傳說的人在唐吉訶德的時代為數頗多。但是要那樣徹底受到騎士傳說毒害，本身必須是一個唐吉訶德。我的情況也是如此。

旅館。密室。鑰匙。窗簾。溫婉的抗拒。開始戰鬥的默契。……唯有那一刻，唯有那一刻，想必我才可能。一如從天而降的靈感，屆時我身上應該會有正常燃燒。就像中了邪，我應該會判若兩人，脫胎換骨，變成正常的男人。唯有那一刻，我應該可以毫無忌憚地抱園子，盡我全力去愛她。疑惑與不安被徹底抹去，我應該可以打從心底說「我喜歡妳」。從那天起，我應該也可以大聲對著空襲時期的街頭，大聲說「這是我的戀人」。

愛幻想的性格，對精神作用瀰漫微妙的不信任，那往往會導致夢想這種違背人倫的行為。夢想，不是人們以為的那種精神作用。它反而是對精神的逃避。

——但旅館的夢想，作為前提，並未實現。園子再次來信表示，結果村中旅館全都無法住宿，勸我去住她家。我回信允諾了。我陷入類似疲勞的安心。就算是我，也不想把這種安心曲解為放棄。

我在六月十二日出發。至於海軍工廠那邊，工廠全體漸漸瀰漫自暴自棄的氛圍。為了請假，任何藉口都可能。

火車很髒，而且乘客寥寥無幾。我對戰時火車的回憶（除了那個愉快的例子之外）為何都是這麼窩囊悲慘呢？這次我搭乘火車時也同樣被幼稚悲慘的固定思維折磨。那是在和園子接吻前絕對不離開某村的想法。但這和人類與自身慾望造成的退縮對抗時充滿驕傲的決心並不相同。我感到自己是要去偷竊。我覺得自己就像被老大逼著勉強去偷竊的軟弱小弟。被愛的幸福刺痛我的良心。我所尋求的，或許是更決定性的不幸。

園子把我介紹給她的伯母。我裝模作樣，使出渾身解數。大家似乎都在私底下互相議論：「園子怎麼會喜歡上這種人？怎麼會是這麼蒼白的文弱大學生？這種男人究竟有哪點好？」

基於想給大家一個好印象的強烈意識，我沒有採取上次在火車上那種排他性行動。我陪園子的小妹妹們做英文功課，陪祖母聊柏林時代的往事。奇怪的是，這麼做，居然讓我感覺和園子的距離更近了。我當著她祖母和母親的面前，屢次和她大膽地交換眼神。還在用餐時偷偷在桌下互相碰觸對方的腳。她也漸漸熱中這種遊戲，當我聽著祖母的長篇大論感到無聊時，她就會倚靠梅雨季陰霾的青葉窗口，從祖母的後方用指尖拈起胸前的墜子偷偷搖晃，只讓我一個人看到。

她的半月形領口露出的胸脯雪白。白得醒目！這種時候她的微笑，讓人感到染紅茱麗葉臉頰的那種「淫蕩的血液」。有一種淫蕩只適合處女。那和成熟女子的淫蕩不同，如微風般醉人。那是一種可愛的低級趣味。比方說就像特別愛搔嬰兒癢。

我的心在這種瞬間驀然沉醉幸福。我已經很久沒接近幸福這個禁忌的果實。然而它現在用悲哀的執拗誘惑我。我感到園子彷彿深淵。

就這樣，眼看我只剩兩天就得回海軍工廠了。我尚未達成自己賦予自己的接吻任務。

雨季的濛濛細雨籠罩高原一帶。我借了自行車去郵局寄信。園子躲過徵用勞役，在政府機關的分處上班，這是她下午可以蹺班回家的時刻，因此我們相約在郵局碰面。毛毛雨打濕的生鏽鐵絲網內，空無一人的網球場看起來很冷清。騎自行車的德國少年任由淋濕的金髮和白皙的雙手閃閃發亮，從我的自行車旁錯身而過。

我在古老的郵局內等了幾分鐘後，戶外微微變亮。是雨停了。暫時的放晴，說穿了是吊人胃口的短暫晴天。雲層未散，只是變成明亮的白金色。

我看見園子的自行車在玻璃門外停下。她的胸膛起伏，聳著潮濕的肩膀喘氣，但健康的紅潤臉頰帶笑。「就是現在，現在就上吧！」我感到自己如同被驅策的獵犬。這個義務觀念好似惡魔的命令。我跳上自行車，和園子並肩駛過某村的主要幹道。

我們駛過冷杉、楓樹和白樺林間。群樹滴落明亮的水滴。她迎風飄揚的秀髮很美。健康的雙腿颯爽地踩著踏板。她看似生命本身。經過現在已經不使用的高爾夫球場入口時，我們跳下自行車，沿著潮濕的小徑走過高球場邊。

我像新兵一樣緊張。那邊有樹林。那片樹蔭很適合。距離那邊約有五十步。前二十步要找話題跟她說。必須設法緩解緊張。剩下三十步可以聊些不痛不癢的安全話題。走完五十步。接著把自行車原地架好，然後眺望山那邊的景色。這時可以把手搭到她肩上。不妨低聲說「能夠這樣和妳在一起，好像在做夢」。於是她會做出無關緊要的回答。這時我搭在她肩上的那隻手，就用力把她的身體摟到我面前。接吻的方法一如千枝子那時。

我已發誓忠於演出。其中沒有愛也沒有慾望。

園子在我懷裡。她的呼吸急促，臉紅如火，睫毛緊閉。她的嘴唇稚嫩美麗，但是依然沒有激發我的慾望。可我時時刻刻都在期待。或許在接吻的過程中，我的正常，我無偽的愛就會出現。機械已發動。無人能夠阻止。

我的唇覆上她的唇。過了一秒，毫無快感。過了兩秒，還是一樣。過了三秒——我已明白一切。

我抽身離開，瞬間以悲哀的眼神看著園子。她如果看到此時我的眼睛，想必會讀出難以言喻的愛的表示。誰也無法斷言那種愛對人類是否可能。但她被羞赧和純潔的滿足震懾得失神，像人偶一樣一直垂著眼。

我默默像對待病人那樣拉起她的手臂，朝自行車邁步走去。

我必須逃走。必須盡快逃走。我很焦慮。為了不讓人發現我沉鬱的臉色，我裝得比平時更快活。晚餐時，我這種看似幸福的樣子，和園子任誰都看得出的嚴重恍神狀態，呈現太過合理的暗示，結果反而對我不利。

園子看起來比平時更清新可人。她的容貌本來就看似有點故事。是故事裡那種墜入情網的純真少女的風情。親眼看著她這樣痴情的少女心，我就算想裝得再怎麼快活，也清楚發現自己沒資格擁抱那美麗的靈魂，說話也變得結結巴巴，因此她母親不禁出言關心我的身體。這時園子以可愛的敏銳察覺一切，為了鼓勵我打起精神，她再次搖晃墜子暗示「別擔心」。我不禁微笑。

大人們對於我倆旁若無人地交換微笑，都露出半驚愕半困擾的神情。想到這些大人的神情是因為在我們的未來看到了甚麼，我再次不寒而慄。

翌日我們又來到高球場同樣的地方。我發現昨天我們留下的痕跡——被踩扁的黃色野菊草叢。草今天是乾的。

習慣真可怕。我又做了事後讓我那麼痛苦的接吻。不過這次，是像對待妹妹的接吻。於是這次接吻反而散發不倫的味道。

「下次再面不知是甚麼時候了。」她說。

「誰知道，如果美軍沒有在我們那地方登陸的話。」我回答。「再過一個月左右我就可以休假了。」——我如此希望。不僅希望，也迷信地確信。確信在這一個月之中，美軍將從S灣登陸，我們這些學生兵也會被派上戰場死個精光。再不然就是誰都沒想過的特大號炸彈從天而降，在哪殺死我——我這算是湊巧預言了原子彈嗎？

後來我們去陽光照耀的斜坡。兩棵白樺宛如心地善良溫柔的姊妹花在斜坡落下影子。低頭走路的園子說，

「下次見面時你會帶甚麼禮物給我？」

「如果說到現在我能帶來的禮物，」——我無奈之下只好裝糊塗回答。「只有做壞的飛機，或是沾著泥巴的鏟子這種東西。」

「我不是說有形的東西啦。」

「那是甚麼？」——我越發裝傻，被逼得走投無路。「這可難倒我了。我回程在火車上再慢慢思考吧。」

「好，一定要喔。」——她用異樣威嚴與鎮定的聲音說。「那你下次要

帶禮物來，一言為定喔。」

一言為定這四個字園子說得格外用力，因此我不得不用虛張聲勢的快活保護自己。

好，來拉勾！我霸氣地說。我們就這樣乍看天真無邪地拉勾，但是兒時感到的恐懼頓時重現心頭。據說拉勾之後如果爽約，那根手指就會爛掉，這種說法曾經給我幼小的心靈帶來恐懼。園子所謂的禮物，雖未明言但顯然意味著「求婚」，所以我才會恐懼。我的恐懼，是晚上不敢一個人上廁所的小孩對四周的黑暗感到的那種恐懼。

那晚臨睡前，園子用我臥室門口的布簾半捲著身體，用鬧彆扭的語氣要求我再多待一天時，我只能從被窩裡驚愕地凝視她。我本以為算得好好的，但那個最初的誤算讓一切都亂了套，如今我已不知如何判斷自己看著園子時懷抱的感情。

「你非走不可？」

「嗯，非走不可。」

我毋寧是愉快地回答。虛偽的機器又開始表面的運轉。這種愉快，明明只是逃離恐懼的愉快，我卻將之解釋為得到新的權力可以吊她胃口的優越感帶來的愉快。

自我欺騙如今成了我唯一的指望。受傷的人只要有繃帶湊合著用並不要求繃帶一定得是乾淨的。我想至少要拿用慣的自我欺騙壓住出血，才好趕往醫院。我喜歡把那個亂糟糟的工廠想像成嚴格的兵營。彷彿那是明早如果沒趕回去，就可能被關禁閉的兵營。

出發的那天早上，我定睛看著園子。就像旅行者看著此刻將要離去的風景。

我知道一切已結束。雖然我周圍的人都以為一切現在才開始。雖然我也沉浸在周遭溫和的戒備氛圍中，期望欺騙我自己。

不過園子沉靜的模樣還是令我不安。她一會幫我收拾旅行袋，一會四處檢查房間看有沒有遺漏的東西。後來她站在窗邊望著窗外動也不動。今天也是陰天，是個嫩葉的翠綠格外顯眼的早晨。沒露面的松鼠晃動樹梢一溜煙經過。園子的背影洋溢沉靜、卻又稚氣的「等待的表情」。如果讓那種表情的背影就此走出房間，就等於敞開櫃子門走出房間一樣，是一板一眼的我難以忍受的。我走過去從背後溫柔抱住園子。

「你一定會再來吧。」

她輕鬆地用深信不疑的語氣說。那與其說是對我的信賴，聽來更像是超越我，根植於對更深刻的東西的信賴。園子的肩膀沒有顫抖，綴著蕾絲的胸脯有點高傲地隨呼吸起伏。

「嗯，大概吧。只要我還活著。」

——我對這麼說的自己感到噁心。因為我這個年齡遠遠更渴望這樣說：

「當然會來！我一定會排除萬難來看妳。妳安心等我。妳可是要成為我妻子的人。」

我對事物的感受方式、思考方式，處處都有這樣奇怪的矛盾出現。讓我採取「嗯，大概吧」這種模稜兩可的態度的，不是我性格上的原罪，而是更先於性格的東西，說穿了不是我的緣故，正因為清楚這點，對於多少是我的緣故的部分，我經常用健全得滑稽的常識性訓誡去對待。基於少年時代持續至今的自我鍛鍊，我死都不想變成一個優柔寡斷、沒有男子氣概、好惡不明、不懂得去愛只想被愛的人。對於是我的緣故的部分，訓誡的確可能有效，但對於不是我的緣故的部分，打從一開始就是不可能的要求。如今的情況下要對園子採取男子氣概的明確態度，恐怕就算有參孫[47]之力也辦不到。於是，此刻園子眼中的我的性格，這個優柔寡斷的男人的影像，激發我對它

47 參孫，《舊約聖經》中的英雄，擁有怪力。

的厭惡，讓我這個存在全體都顯得毫無價值，把我的自負摧毀得一場糊塗。我變得不相信自己的意志，也不相信性格，至少，關於意志的部分顯然只是冒牌貨。可是這種側重意志的想法，也等於是幾近幻想的誇大。雖說是正常人，想必也不可能光靠意志行動。就算我是正常人吧，也不可能完全具備足以讓園子過著幸福婚姻生活的條件，如此看來那個正常的我，想必也會回答「嗯，大概吧」。就連這麼淺顯易懂的假設，我都養成了故意閉眼不看的習慣。簡直像是不願錯過任何折磨自己的機會。——這是無處可逃的人，把自己逼進自認不幸的棲身處時的老套手段。

——園子用平靜的口吻發話。

「不用擔心。你絕對不會受任何傷。我每晚都對神明祈禱。我的祈禱，到目前為止一直很管用。」

「妳可真虔誠。或許是因為這樣，妳看起來非常安心。安心得甚至可怕。」

「怎麼說？」

她抬起黝黑聰明的雙眸。面對這種發問時絲毫不帶疑惑的純真視線，我的心亂了，不知如何回答。我忽然有股衝動想把看似沉睡在安心中的她搖醒，結果反而是園子的眼眸搖醒我內心沉睡的東西。

——要去上學的妹妹們來道別。

「再見。」

小妹作勢要跟我握手，那隻手突然在我的掌心撓癢，她隨即逃到門外，在此刻正巧透過樹梢篩落的稀薄陽光下，高高舉起有金色扣子的紅色便當袋。

祖母和母親都來送行，因此在車站的離別變得輕描淡寫又純真。我們互開玩笑，舉止自然。之後火車抵達，我占了靠窗的位子。我只求火車趕緊出發。

這時一個開朗的聲音從意外的方向呼喚我。那正是園子的聲音。直到前一秒還聽慣的聲音，如今變成遙遠的新鮮呼喚震驚了我的耳朵。那個聲音的確是園子——這個意識，如清晨的光線射入我心。我望向聲音的方向。只見她鑽過站務員用的出入口，緊抓著連接月台的焦木柵欄。格紋斗篷之間露出大量蕾絲迎風飄搖。她的眼睛生氣蓬勃地對著我睜大。列車啟動了。園子略有幾分厚重的嘴唇，浮現欲言又止的形狀，就此從我的視野遠去。

園子！園子！列車每次搖晃時，我都會在心頭浮現這個名字。那彷彿是難以形容的神祕名字。園子！園子！每次重複那個名字，我的心就會受到打擊。尖銳的疲憊隨著那個名字的一再重複，如懲罰般加深。這種透明的痛苦，縱然我想對自己解釋它的性質，也是找不出類似例子的難題。那是脫離人類應有的感情軌道太遠的痛苦，以至於我甚至難以感覺那是痛苦。若要打個比方，那種痛苦就像是某人在等待明亮的正午響起午炮，眼看時間已過，午炮還是沒有響，遂想在藍天某處尋覓午炮的沉默。那是可怕的疑惑。因為全世界只有他一人知道午炮未在正午準時響起。

已經完了。已經完了。我呢喃。我的嘆息就像考試不及格的膽怯考生的嘆息。失敗了。完了。因為留下那個X所以錯了。如果先從那個X解決，就不會變成這樣了。要是我能夠和大家一樣用演繹法去解答人生的數學題就好了。我的小聰明是最大的敗筆。壞就壞在只有我一人依賴歸納法。

我的困惑太嚴重，導致坐在我面前的乘客狐疑地窺探我的臉色。那是身穿深藍色制服的紅十字會護士，和看似她母親的貧窮農婦。察覺她們的視線，我望向護士，這個像燈籠果般紅通通的胖女孩，為了掩飾害羞開始對母親撒嬌。

「媽，我肚子餓了。」

「還早嘛。」

「可是人家餓了嘛。媽、媽。」

「真不聽話！」

——母親終於投降，取出便當。便當內容之貧乏，比我們在工廠吃的食物還慘。雖然只有地瓜飯配兩塊黃蘿蔔乾，護士還是狼吞虎嚥。我從來沒發現人類吃飯的習慣看起來這麼無意義，因此我不禁揉眼睛。之後我醒悟，會有這種看法，是因為我已徹底失去生存的慾望。

當晚回到郊外的家，有生以來我第一次認真考慮自殺。想著想著逐漸感到意興闌珊，念頭一轉又覺得很滑稽。我先天性缺乏敗北的興趣。而且如秋日豐收般環繞我周遭的大量死亡，無論是被戰火波及而死、殉職、出征病死、戰死、被壓死、病死的任何一類，我的名字想必都早已在預定名單上。死刑犯不會自殺。不管怎麼想這都是不適合自殺的季節。我等待某種東西殺死我。但那和等待某種東西讓我活下去是同一回事。

回到工廠後，過了兩天，我收到園子熱情洋溢的來信。那是真正的愛。我很嫉妒。那是養殖珍珠對天然珍珠會感到的難耐的嫉妒。不過，這世間有哪個男人會因為女人愛上自己而嫉妒那份愛？

……園子說她和我分開後又騎自行車去上班了。由於她的神情太恍惚，同事還問她是否身體不適。處理文件時也屢屢出錯。她中午回家吃飯，吃完飯回去上班的路上，還特地繞到高球場停下自行車。她看著黃色野菊依然被踐踏的那塊地方。然後看著火山的山坡隨著濃霧散去，逐漸呈現帶有明亮光澤的紅褐色。接著又看著山谷再次升起迷霧，那兩棵如溫柔姊妹花的白樺，葉片似有微微預感般戰慄。

——就在我坐在火車上，苦苦思索該如何逃離我親手培育出來的園子這份愛的同一時刻！……不過那或許也是我委身於最接近真實的可憐藉口，為之安心的瞬間。那藉口就是「正因為愛她，所以我必須逃離她」。

後來我又寫了幾封雖然毫無進展但也看不出熱情冷卻的信給園子。不到一個月，草野再次獲准會客，我收到通知，他們全家人又要去草野已轉移至東京近郊的部隊去面會。軟弱促使我去那裡。不可思議的是，我明明那樣下定決心要逃離她，卻又不能不再次去見她。見面之後，面對不變的她，我發現自己已徹底改變。我連一句玩笑話都開不了口。對於我這種變化，她和她的哥哥、祖母，甚至母親，都只當成是我為人謹慎規矩。草野用一如往常的溫和目光對我說了一句話，令我不寒而慄。

「近日之內將有重大通牒給你喔。你就拭目以待吧。」

——一週後，我在假日回到母親那邊時，收到了那封信。頗有草野一貫風格的稚拙字跡，顯現他真誠無偽的友情。

「……園子的事，我們全家都是認真的。我被任命為全權大使。我的意思很簡單，就是想聽聽你的想法。

我們都很信賴你。園子當然尤其如此。我媽甚至好像已開始考慮該幾時辦婚禮了。撇開婚禮先不談，我認為現在決定訂婚的日子也不算早。

不過這都是我們這邊的想法。簡而言之，我想問問你的意思。至於雙方家長的會談，一切都得等那之後再說。不過雖說如此，我完全無意綁架你的意志。若能知道你真正的想法，我就可以安心了。即使你的答覆是NO，我也絕不會埋怨生氣，或者做出累及我們友誼的行為。如果你的答覆是YES，那當然再好不過，就算是NO我也絕對不會生氣。希望你心無掛慮地坦誠答覆。千萬不要礙於情面或隨便敷衍。我以好友的身分靜候回音。」

……我當下愕然。我心想，我在看這封信時應該沒被誰發現吧，連忙四下張望。

我以為不可能的事情，居然發生了。我當初沒考慮到，對於戰爭的感覺方式和思考方式，我和那家人或許有相當大的差異。我才二十一歲，還是個學生，目前在飛機工廠服勞役，而且在一連串戰爭中長大，我把戰爭的力量想得太戲劇化了。即便在如此激烈的戰爭悲慘結局中，人類生活的指南針還是照樣指向一個方向不動。我自己之前也一直自認在戀愛，為何卻沒注意到這一點呢？我露出怪異的淺笑，又拿起信重讀。

於是，極為常見的優越感撩動我的心頭。我是勝利者。我就客觀而言是幸福的，這點誰也無法挑毛病。既然如此，那我應該也有蔑視幸福的權利。

心頭充斥不安與難忍的悲哀，可我在自己的嘴上貼了自大嘲諷的微笑。感覺好像只要跳過一條小溝就行了。只要把過去這幾個月全當成胡鬧就行了。只要認定自己打從一開始就不愛園子那種黃毛丫頭就行了。只要當成我被一丁點慾望驅使（撒謊的傢伙！）騙了她的感情就好。拒婚簡直太容易了。光是接個吻本來就不用負責。——

「我根本就不愛園子！」

這個結論令我欣喜若狂。

真是太棒了。我成了一個誘惑自己並不愛的女人，等對方開始燃起愛意就斷然拋棄頭也不回的渣男。這樣的我距離規矩的道德家、好學生是多麼遙遠。……但我不可能不知道。沒有哪個色鬼會在尚未達到目的之前就拋棄女人。……我閉上眼。我像頑固的中年女人，養成了凡是不想聽的話就摀住耳朵的習慣。

接下來只能動手腳設法破壞這樁婚事了。就像破壞情敵的婚事。

我開窗呼喚母親。

夏日豔陽在遼闊的菜園上方閃耀。種滿番茄和茄子的菜園，乾燥的綠意尖銳又叛逆地昂首迎向太陽。太陽在那強韌的葉脈上黏糊糊塗滿濃烈的光線。植物晦暗蓬勃的生命，被壓制在一望無垠的菜園光芒下。遠方，是把陰暗的臉孔對著這邊的神社森林。郊外電車不時發出輕微的震動行經更遠處看不見的低地。每次都能看見集電桿浮躁地推進後，電線慵懶晃動的光芒。背對厚實的夏雲，它似有含意，又好似毫無意義，漫無目的地晃動半晌。

綴著藍色緞帶的大草帽倏然從菜園中央站起。是母親。至於舅舅——母親的哥哥——的草帽，始終不曾回頭，就像頹然垂首的向日葵動也不動。

開始在此地生活後有點曬黑的母親，這麼遠看之下白牙格外顯眼。她來到聲音可及之處就孩子氣地尖聲叫嚷：

「甚麼事啊。有事你就自己過來說呀。」

「我有要緊事。請過來一下。」

母親不服氣地慢吞吞走近。手上的籃子裝著成熟的番茄。最後她把那籃番茄放在窗框上，問我到底有甚麼事。

我沒有把信給她看，只是扼要說明信中內容。說著說著忽然不明白自己為何叫母親來。我該不會只是為了說服自己才一直喋喋不休？父親神經質且嘮叨，如果待在一個屋簷下，做我妻子的人肯定很辛苦，但是目前也不可能另買房子，我們家傳統又保守，和園子家活潑開放的家風根本合不來，況且我個人也不想那麼早娶妻受罪……我神情坦然地舉出以上種種常見的不利條件。我希望母親頑強反對。但母親個性寬宏大量。

「聽起來好像挺奇怪的。」——母親似乎未做深思就插嘴道。「那你自己到底是怎麼想的呢？你喜歡人家？還是討厭？」

「我當然是，那個……」我吞吞吐吐。「沒有那麼認真。本來是打算玩玩而已。結果對方認真了，讓我很傷腦筋。」

「既然如此不就沒問題了嗎？還是趕緊講清楚，對彼此都好。反正對方只是寫信來徵詢對吧。那你給個明確的答覆不就好了……我也該走了。沒事了吧？」

「噢。」

——我輕吐一口氣。母親走到玉米稈豎立的小門那邊，又小碎步回到我窗口。她的神情和剛才稍有不同。

「那個，關於你剛才講的事，」——母親露出有點疏離，就像女人看陌生男人的那種眼神看著我。「……你跟那個園子小姐，該不會……已經……」

「媽妳真是夠了。」——我笑出來。打從出生到現在，我好像還沒有笑得這麼難受過。「妳認為我會做出那種混帳事嗎？我就這麼不值得信任嗎？」

「我知道啦。只是謹慎起見嘛。」——母親恢復開朗的神情，不好意思地如此否認。「做母親的，就是為了擔心這種事而活。你放心，我相信你。」

——當晚我寫了一封連我自己都覺得不自然的信函婉拒。我在信上寫道，事情來得太突然，現階段我還沒有那種打算。隔天早上要回工廠時，我順路去郵局寄信，負責辦理限時專送的女人狐疑地看著我顫抖的手。我凝視那封信被她粗糙的髒手公事公辦地蓋下戳印。看到我的不幸被公事公辦地對待讓我很安慰。

空襲已轉為攻擊中小都市。基本上似乎已經沒有生命危險了。學生之間開始流行日本要投降的說法。年輕的副教授陳述充滿暗示的意見，企圖收攬學生的人氣。看到他陳述十分可疑的見解時志得意滿地撐大鼻孔，我心想，我才不會上當。另一方面，我對迄今仍堅信日本將贏得勝利的那群狂熱信徒也白眼相向。戰爭不管是贏是輸，於我都無關緊要。我只想投胎換骨重新做人。

我因不明原因的高燒被遣回郊外的家。我在高燒的暈眩中凝視天花板，像念經一樣在心中不斷呢喃園子的名字。等我終於可以起床時，我聽到廣島全毀的新聞。

這是最後的機會。人們傳言下一次轟炸就輪到東京了。我穿著白襯衫白短褲在街上四處遊走。到了自暴自棄的最後，人們反而神情開朗地昂首闊步。每分每秒都安然無事。甚至就像給膨脹的氣球不斷施壓看它隨時可能爆掉時那樣，有種快活的興奮期待。然而每分每秒依舊安然無事。這樣的日子如果持續十天以上，肯定會瘋掉。

翌日，帥氣的飛機在毫無準頭的高射炮炮擊之間穿梭，從夏日天空撒下傳單。傳單上是日本提出投降的新聞。傍晚父親下班後直奔我們位於郊外的臨時住所。

「喂，傳單寫的是真的喔。」

——他一進院子，在簷廊坐下後就立刻這麼說。並且給我看據說是從可靠管道聽來的英文原文抄錄稿。

我接下那份抄錄稿，還不及瀏覽便已理解事實。不是戰敗這個事實。而是於我，僅僅於我一人而言，可怕的日子將要開始的事實。光是聽到那名字我就渾身哆嗦，而且我一直欺騙自己它絕對不會降臨——那是人類的「日常生活」，已經不容分說從明天起就要降臨我身上的事實。

第四章

意外的是，我害怕的日常生活遲遲沒有開始的跡象。那是一種內亂，人們不考慮「明天」的程度，似乎比戰時更嚴重。

當初借給我大學制服的學長從軍隊回來了，因此我將制服歸還。於是我暫時陷入自己擺脫回憶乃至過去，已經自由的錯覺。

妹妹死了。我發現自己原來也會流淚，因此得到膚淺的安心。園子和某個男人相親訂婚了。在我妹妹死後不久，她就結婚了。那種感覺或可稱為如釋重負吧。我暗自歡欣雀躍。我自負這不是她拋棄我，而是我拋棄她的當然結果。

長年來的惡習將宿命強加於我的東西，牽強附會為我自身意志或理性的勝利，達成某種瘋狂的妄自尊大。我命名為理性的特質之中，有種不道德之感，彷彿憑著隨興的偶然竊居王位的篡位者。這個驢子似的篡位者，甚至無法預知愚蠢的獨裁政權必將遭遇的復仇結果。

我就這樣抱著曖昧不明的樂觀心情過了一年。交差了事地學法律，機械式地通學，機械式地返家……我對一切充耳不聞，也無人想聽我說話。我學會年輕僧侶那種老於世故的微笑。我完全感覺不到自己是生是死。我似乎忘了。忘了我對天然、自然的自殺（戰爭導致的死亡）寄予的希望已經斷絕。真正的痛苦只會這樣徐徐出現。就像肺結核，等到出現自覺症狀時，通常早已病入膏肓。

某日，我站在新書逐漸增加的書店架子前，拿起裝訂簡陋的翻譯書。那是法國某作家的饒舌散文集。隨手翻開的那頁某一行烙印在我眼中。但不快的不安襲來，我連忙合起書本放回書架。

隔天早上，我臨時起意，上學途中順道去靠近大學正門的那家書店買下昨天那本書。上民法課時，我悄悄取出那本書，放在攤開的筆記本旁，尋找昨天那一行。那一行帶給我比昨天更鮮明的不安。

「……女人擁有的力量，完全取決於懲罰戀人使其不幸的程度。」

我在大學熟識的友人之一，是糕餅老店的兒子。乍看是個乏味的勤勉學生，但他對人類和人生那種帶有輕蔑意味的感想，和與我極為近似的脆弱體格，喚起我的共鳴。我基於自我防衛和虛張聲勢養成同樣的犬儒派作風，反觀他的那種態度似乎是根植於更堅定的自信。我思忖那是從何而來的自信。過了一陣子，他看透我是處男，帶著高高在上的自嘲與優越感，向我表白他常去花街柳巷，並且邀我同行。

「如果你想去，就打電話找我。我隨時可以奉陪。」

「嗯。等我想去的時候。……八成……很快就會了。我很快就會下定決心。」

我回答。他不好意思地抽抽鼻子。那種神情表明，他已看出此刻我的心理狀態，因此反而讓他回想起昔日自己和我同樣狀態時的羞恥。我感到焦躁。那是希望我在他眼中的狀態，能夠和我實際狀態一致的習慣性焦躁。

所謂的潔癖，是慾望導致的一種任性。我本來的慾望是隱密的，甚至不容許這樣正面挑明的任性。可是我假想的慾望——也就是對於女人單純且抽象的好奇心，被賦予了想必連任性的餘地都沒有的冷淡自由。好奇心沒有道德。或許那是人類可能具備的最不道德的慾望。

我開始進行可憐的祕密練習。我目不轉睛盯著裸女照檢驗自己的慾望。——雖然早就明白，我的慾望還是堅持不肯給個答覆。當我又犯下那種惡習時，我試著訓練自己先從不產生任何幻影開始，其次試著在心頭浮現女人最淫蕩的姿態。有時那似乎成功了。但這種成功帶有令人心碎的掃興。

我終於打定主意豁出去試試。我打電話給他，請他星期天下午五點在某咖啡廳等我。這是戰後第二個新年的正月中旬。

「你終於下定決心了啊」——他在電話那頭咯咯笑。「好，我會去。我一定會去。如果你敢放我鴿子，我可不饒你喔。」

——他的笑聲猶在耳邊縈繞。我早已明白，我能夠對抗那個的，只有無人注意到的僵硬微笑。可我還抱著一絲希望，或者應該說是迷信。那是危險的迷信。唯有虛榮心令人甘於冒險。至於我的情況，是不想讓人覺得我二十三歲仍是童貞之身的庸俗虛榮心。

仔細想想，我下定決心的這天正是生日。

——我們用互相刺探的表情看著對方，但他今天也知道一本正經的神情和嘻皮笑臉看起來是同等滑稽，因此他保持似笑非笑的神情，頻頻吞雲吐霧。之後針對這家咖啡廳的點心之難吃，說了幾句無聊的廢話。我根本沒認真聽。我說：

「你應該也有心理準備了吧。第一次帶去那種地方的傢伙，不是成為畢生摯友就是成為畢生仇敵。」

「別嚇唬人了。如你所見，我膽子很小的。甚麼畢生仇敵，我可擔不起那種角色。」

「你還有這種自知之明真是令人佩服。」

我故意擺出盛氣凌人的架式。

「話說回來。」他擺出主持人的架式。「先找個地方喝酒吧。如果太清醒，第一次去的人會有點怯場。」

「不要，我不想喝。」我感到臉頰發冷。「我絕對要清醒地去。我起碼還有那樣的膽量。」

之後是陰暗的都營電車、陰暗的民營鐵路、陌生的車站、陌生的街道、貧窮簡陋的臨時組合屋林立的一隅，或紫或紅的電燈讓女人們的臉孔看似紙糊的。嫖客們沿著冰霜融化後的泥濘小徑，發出光腳走路似的腳步聲默默來往穿梭。毫無慾望。唯有不安，彷彿催討零食的孩童般催促我。

「去哪都行喔。真的去哪都行。」

來嘛，過來嘛……我只想逃離女人們這種令人窒息的做作聲音。

「這家的妓女很危險喔。那種長相可以嗎？去那家會比較安全喔。」

「長相根本不重要。」

「那我就選比較正點的囉。事後你可別怨我。」

──我們一走近，兩個女人就像中邪似地站起來。這間房子矮小得幾乎一站直就會頂到天花板。高頭大馬一口東北腔的女人笑著露出金牙和牙齦，把我拐進三帖的小房間。

義務觀念驅使我抱住女人。摟肩準備接吻時，女人晃動厚實的肩膀笑了。

「不行啦。會沾到口紅。要這樣。」

妓女張開口紅鑲邊的金牙大嘴，把肥厚的舌頭像棒子一樣伸出來。我也學她伸出舌頭。舌尖互相碰觸。……外人不會理解。無感是多麼類似強烈的痛楚。我全身劇痛，而且因完全感覺不到的痛楚而麻痺。我一頭栽倒在枕上。

十分鐘後，我確定自己無能。羞恥令我雙膝顫抖。

我假定友人並未發現這件事，之後幾天，我沉浸在毋寧已痊癒的自甘墮落感之中。就像憂心不治之症的人，在病名確定後，反而會有暫時的安心。但他很清楚那只不過是短暫的安心。而且心裡還等待著更無處可逃、更絕望，卻也因此具備永續性的安心。而我也衷心等待更無處可逃的打擊，也就是更無處可逃的安心。

接下來的一個月，我和那個友人在學校見過幾次。彼此都沒提及那個話題。一個月之後，他帶著同樣和我熟識的好色朋友來訪。此人總是揚言十五分鐘就能把女人搞到手，是個很喜歡炫耀的青年。話題最後終於還是來到該來的地方。

「我都快煩死了。自己也拿自己沒輒。」——好色的學生放肆打量我的臉孔說。「如果我的朋友之中有人陽萎，我倒是很羨慕。不僅羨慕，甚至還很尊敬。」

見我臉色大變，那個友人連忙轉移話題。

「之前說好要向你借普魯斯特[48]的書對吧。他的書有趣嗎？」

「對，很有趣。普魯斯特是索多瑪的男人。和男僕發生關係。」

「甚麼叫做索多瑪的男人？」

我很清楚自己只是假裝不懂，藉助這小小的問題，極力掙扎著試圖得到無人察覺我失態的反證。

「索多瑪的男人就是索多瑪的男人。你不知道嗎？意思就是男同性

48 普魯斯特（Marcel Proust，1871-1922），法國作家，代表作為自傳式長篇小說《追憶似水年華》。

戀。」

「我頭一次聽說普魯斯特是這種人」——我感到聲音在顫抖。如果流露憤怒，等於主動把證據送給對方。自己居然能夠忍受這種可恥的表面平靜，令我莫名害怕。那個友人顯然已察覺到甚麼。不知是否心理作用，總覺得他似乎是刻意不看我。

晚間十一點這該死的訪客離去後，我窩在房間徹夜難眠。我在啜泣。最後，一如往常的血腥幻想降臨安慰我。我沉浸在這個比甚麼都親近親密的殘忍幻影。

我需要安慰。明知只會留下空洞的對話和掃興的餘味，我還是屢屢出席老朋友家的聚會。和大學的友人不同，這種人人講究體面的聚會，反而讓我心情比較輕鬆。在場有矯揉造作的千金小姐、女高音歌手、未來的女鋼琴家以及新婚的年輕夫人們。大家一起跳跳舞、喝點小酒、玩玩無聊遊戲，和有點色情的捉迷藏，有時甚至會玩通宵。

到了黎明，我們不時在跳舞中睡著。為了提神，我們會玩一種遊戲，在地上放幾個坐墊，唱片音樂突然停止時，圍成一圈跳舞的人就立刻散開，男女一組在一個坐墊坐下，最後沒搶到坐墊的那個人就得表演。本來站著跳舞的人，搶成一團往地上的坐墊擠，現場因此一陣大亂。這樣重複幾次後，女士們再也顧不得儀態。最美的千金小姐也跟人搶成一團一屁股跌坐在地，裙子順勢掀到大腿上，但她或許已有點醉意，只顧著笑絲毫未察覺。她的大腿光潔白皙。

若是以前的我，憑著時刻不忘的那種演技，八成會和其他青年一樣，模仿那種逃避自己慾望的習慣，當下轉移目光不敢正視。但我打從那天起，已經和以前的我不一樣了。我毫不羞恥——換言之，不會因為自己天生毫不羞恥而羞恥——我就像看物質一樣盯著那白花花的大腿。頓時，因凝視而集聚的痛苦降臨。痛苦在宣告：「你不是人。你生來無法和人交際。你是非人的某種奇妙的可悲生物。」

正巧文官任用考試的日子逼近，極盡所能地把我困在枯燥乏味的書堆中，因此我自然遠離了折磨身心的事物。但那也只是剛開始時。那晚開始的無力感蔓延到生活各個角落，我連著好幾日鬱鬱寡歡甚麼都不想做。一天比一天強烈感到必須對自己做出某種可能的證明。否則甚至活不下去。可我完全想不出天生的悖德手段。我的異常慾望，就算是以更穩當的形式，在這個國家也毫無機會得到滿足。

春天到了，在我平靜的外表下，瘋狂的煩躁與日俱增。季節本身一如夾帶沙礫的強風，似乎對我抱著敵意。只要有汽車掠過身旁，我就會在心中破口大罵：「幹嘛不壓死我！」

我欣然規定自己強制性的學習和強制性的生活方式。趁著備考的空檔上街時，我充血的雙眼屢屢感到旁人狐疑的眼光。在別人看來我過著非常謹慎規律的生活，可我其實已嘗到自甘墮落、放蕩、沒有明天的生活和徹底腐敗的怠惰這些腐蝕般的疲憊。但是春日將盡的某個下午，我搭乘都營電車時，突然感到一陣幾乎窒息的清冽悸動。

因為我從站立的乘客之間，看見園子坐在對面的位子。稚氣的眉毛下，是她率真又內斂，帶有難以形容的深邃溫柔的眼睛。我差點站起來。這時，一名站立的乘客放開吊環朝車門口走去。我終於正面看清女人的臉孔。她不是園子。

我的心頭依然騷動不已。那種悸動若用純屬驚愕或心虛來解釋當然很容易，但那瞬間感動之聖潔，無法用這樣的說明來推翻。我當下想起三月九日那個早晨在月台發現園子時的感動，這時的感動和當時完全一樣，並無差別。甚至連猶如被打倒的悲哀都很相似。

這些瑣碎的記憶難以忘懷，令我接下來那幾天都受到鮮明的震撼。不可能，我不可能還愛著園子，我應該根本無法愛女人才對。這樣的反省反而激發反抗。到昨日為止，這樣的反省本來應該還是唯一忠實順從於我的東西。

回憶就這樣突然在我內心奪回權力，這次政變採取了種種痛苦的形式。兩年前我應該已徹底解決的「瑣碎」回憶，就像成長後的私生子現身，異常壯大地重現我眼前。那不是我不時虛構的「甜美」狀態，也不是後來我為了便於整理採用的公事公辦的調子，回憶的每個角落，都有一個明確且痛苦的調子貫穿。如果那是悔恨，早已有無數前輩發現該如何去忍受。但這種痛苦甚至不是悔恨，而是某種異常明晰的痛苦，就像被迫從窗口俯瞰將街道切割的夏日豔陽。

某個梅雨季的陰霾午後，我去平日不熟悉的麻布辦事順便散步，忽然有人從後方喊我的名字。是園子。轉身發現是她時，我並未像上次在電車把別的女人誤認成她時那麼驚愕。這場偶然的相遇極為自然，我感到彷彿早已預知一切。彷彿老早就知悉這瞬間。

她穿著除了胸前綴有蕾絲別無其他裝飾，花紋宛如時尚壁紙的連身裙，看不出已為人妻。她似乎剛從配給所回來，手裡拎著水桶，還有個同樣拎水桶的老女人跟著。她讓老女人先回去，和我邊走邊聊。

「你好像瘦了一點。」

「對，忙著備考害的。」

「這樣啊。那你要保重身體。」

我們沉默片刻。稀薄的日光開始照耀遭受過戰火洗禮的住宅區冷清道路。一隻溼答答鴨子從某戶人家的廚房門口笨拙地走出，在我們面前叫喚著沿水溝走遠。我感到幸福。

「妳現在在看甚麼書？」我問。

「小說？《食蓼蟲》[49]……還有……」

49 《食蓼蟲》，谷崎潤一郎的長篇小說，以感情淡去的夫妻為主軸，描寫對理想女性之美的追求。

「妳沒看A？」

我提起當今流行的《A……》這本小說。

「那個裸女的？」她說。

「咦？」——我錯愕地反問。

「討厭……我是說封面啦。」

——兩年前，她絕非當面說得出「裸女」這種字眼的人。從這種言語的小細節便可心痛地發現，園子已經不純潔。來到街角後，她停下腳步。

「彎過這個轉角走到底就是我家。」

我不忍離別，垂落的視線不禁移向水桶。水桶中塞滿蒟蒻，在日光下看似女人去海邊戲水被曬黑的肌膚。

「這樣直接曬太陽，蒟蒻會臭掉喔。」

「就是啊，責任重大呢。」園子用帶著鼻音的高亢聲音說。

「再見。」

「好，請保重。」——她轉身離去。
我叫住她，問她可曾回娘家，她若無其事說這個星期六就會回去。
分開後，我才察覺一件之前沒留意的大事。今天的她看似已原諒我。她為何會原諒我？難道將有更甚於這種寬大的侮辱？但是如果再次明確地遭受她的侮辱，我的痛苦或許也能痊癒了。
我痴痴苦等週六來臨。正巧這時草野從京都的大學回到自家。
週六下午，我去拜訪草野，正在交談時，我開始懷疑自己的耳朵。因為我聽見鋼琴聲。那已非稚嫩的音色。帶有豐沛奔放的琴韻，充實且光輝。
「是誰？」
「是園子。她今天回來了。」
毫不知情的草野如此回答。我帶著痛苦將種種記憶一一重現心頭。關於我當時的婉拒，後來草野絕口不提，讓我深深感到他的善意。我渴望得到園子當時好歹有點痛苦的證據，以便證明不是只有我一人不幸。然而「時光」

再次於草野和我和園子之間如雜草叢生，徹底禁止任何賭氣、虛榮，以及毫無顧忌的感情表白。

琴聲停止了。草野貼心地提議，他可以把園子帶來。之後園子隨哥哥一起走進這房間。我們三人聊著園子丈夫任職的外務省那些熟人的八卦，無意義地笑著。後來草野被他母親叫走了，就像兩年前的那天一樣只剩下園子與我。

她像小孩似地向我炫耀，多虧有她丈夫盡力奔走才讓草野家的財產免遭沒收。我從她少女時代就愛聽她炫耀光輝事跡。過度謙遜的女人和高傲的女人同樣缺乏魅力，但園子溫婉又恰到好處的炫耀，瀰漫天真討喜的女人味。

「你知道嗎，」她平靜地繼續說。「有件事我一直想問你卻始終沒機會問。我們為何未能結婚呢？打從你回信給我哥之後，我就再也不明白這世界了。我每天都想來想去。可我還是想不明白。到現在，我依舊不明白，為何我無法與你結婚。……」——她似乎生氣了，有點泛紅的臉頰對著我，她撇開臉繼續朗讀似地說。「……你討厭我？」

這種單刀直入，換個角度聽來彷彿只是公事公辦盤查的詢問，令我心中產生一種強烈又悲哀的喜悅。但是這種毫無道理的喜悅立刻轉變為痛苦。那是非常微妙的痛苦。除了本來的痛苦之外，還有兩年前的「瑣碎」舊事重提竟讓我如此心痛，造成自尊心受傷的痛苦。我想在她面前保持自由。但我依然沒那個資格。

「妳還完全不了解這世界。妳的好處也正是這種不解世事。不過，這世間，就算兩情相悅也不見得隨時能夠結婚。正如我給妳哥的信上所寫。更何況……」──我感到自己將說出軟弱又小家子氣的話。我想沉默。但我無法阻止自己。「……更何況，我在那封信上，根本沒有明白提到不能結婚。我才二十一歲，又還是學生，而且事情太突然了。就在我舉棋不定之際，妳就那麼快結婚了。」

「我當然也沒有後悔的權利。況且我先生很愛我，我也很愛他。我真的很幸福，已經別無所求了。但是，這算是不好的念頭嗎？有時候……呃，該怎麼說呢，有時候我會想像另一個我過著另一種生活方式。如此一來，我就糊塗了。我覺得自己很想說出不該說的話。我覺得自己很想思考不該思考的事，這讓我很害怕。這種時候，我先生非常可靠。他就像疼小孩一樣疼愛我。」

「聽起來或許像自戀，但我還是直說了。那種時候，妳是在恨我。非常恨我。」

——園子甚至不懂「恨」這個意思。她溫柔又認真地賭氣說：「隨便你愛怎麼想好了。」

「能不能再單獨見一次面？」——我像被甚麼催促似地哀求。「絕對沒有任何曖昧。只要能見面我就滿足了。我已經沒資格再說甚麼。見了面就算不說話也沒關係。只要三十分鐘就好。」

「見了又能怎樣？見了一次之後你不會要求再見一次嗎？我婆婆很囉

唆，從我出門地點乃至時間都要盤問。受那樣的委屈和你見面，說不定……」——她欲言又止。「……人心會怎麼變化，誰也說不準呢。」

「那當然誰也說不準。但妳還是一樣喜歡端起架子。為什麼就不能把事情想得更光明磊落、清清白白？」——我在睜眼說瞎話。

「……男人當然那樣也沒關係。可是結了婚的女人可不行。等你有了妻子一定就會明白。我認為，就算把事情想得再怎麼嚴重都不為過。」

「妳簡直像老大姊一樣愛說教。」

——這時草野進來了，對話就此中斷。

即便在這種對話之際，我的心中也有無限的狐疑叢生。我想見園子的心意我敢對天發誓是真的。但其中顯然毫無肉慾。想見面的欲求究竟是哪一種欲求？這顯然已可確定不是肉慾的熱情，該不會是在騙自己吧？姑且就算那是真正的熱情，但我該不會只是把輕易就能壓下的微弱火苗刻意炫耀地煽動起來？基本上真有完全不根植於肉慾的愛情嗎？那分明不合常理吧？

但我又想。人的熱情如果擁有能立足於一切不合理之上的力量，在熱情本身的不合理上，未必毫無立足之力。

❖

上次那決定性的一夜，讓我從此巧妙地迴避女人。自從那夜起，別說是激發真正肉慾的 Ephebe 之唇，我連一個女人的嘴唇都沒碰過。好吧，甚至在遇上不接吻反而失禮的局面也是——而且夏天的來臨，比春天更加威脅我的孤獨。盛夏揮鞭驅策我的肉慾奔馬。燒灼我的肉體，也折磨肉體。為了保身，有時一天甚至必須做五次惡習。

馬格努斯將倒錯現象純粹視為生物學現象來說明的學說啟蒙了我。那決定性的一夜也是當然的結果，並非可恥的結果。想像中對 Ephebe 的嗜慾，一次也沒有朝 pedicatio[50] 發展，而是固定在研究家已證明幾乎具備同等程度普遍性的某種形式。在德國人之中，像我這樣的衝動並不少見。普拉滕伯爵[51]的日記想必就是最明顯的例子。溫克爾曼[52]也是如此。在文藝復興時期的義大利，米開朗基羅分明和我擁有同樣的衝動。

但這種科學性的了解無法解決我的內心生活。倒錯難以成為現實，也是因為我的情況只停留在肉體衝動，只是胡亂叫嚣、徒然掙扎的陰暗衝動。我對於 Ephebe 也只停留在被激發肉慾。如果用個膚淺的說法，我的靈魂依然屬於園子。我並非輕易相信靈肉相剋這種中世紀風格的圖解說明，只是為了方便解釋才這樣說。在我身上這兩者的分裂單純且直截。園子似乎就是我對

50 Pedicatio，拉丁文的男同性戀。

51 普拉滕伯爵（August von Platen，1796-1835），德國詩人。讚揚男性美，為同性戀苦惱，晚年遷居義大利客死西西里。

52 溫克爾曼（Johann Joachim Winckelmann，1717-1768），德國美學家、藝術史學家。

正常之愛，對性靈之愛，對永恆之愛的化身。

不過，光靠那個無法解決問題。感情不喜歡固定的秩序。那就像乙醚中的微粒子，更喜歡自由自在地四處跳躍、浮動、顫抖。

……只要過了一年我們就會清醒。我通過文官任用資格考試，大學畢業，在某政府部會擔任事務官。這一年，我們有時像是偶然，有時假借其實並不重要的要事，每隔兩三個月，利用中午的一兩個小時，若無其事地見面又若無其事地道別。僅此而已。我的言行舉止不管被誰看到都問心無愧。園子也只是聊聊往事，謹守分寸地揶揄彼此現在的處境，從不涉及其他話題。這種來往別說是肉體關係了，就連是否能稱為交情都值得商榷。每次見面時我們也只想著分開時要分得乾淨漂亮。

這樣我就已滿足。不僅如此，我還對著冥冥中的主宰感激這藕斷絲連的關係具有的神祕豐饒。我沒有一天不想園子，每次見面都享受到平靜的幸福。幽會的微妙緊張和清潔的均衡遍及生活每個角落，似乎為生活帶來異常脆弱卻極端透明的秩序。

但是過了一年我們就清醒了。我們不是在小孩房間，早已成為成人房的住戶，在那裡，只能打開一半的房門必須立刻修理。我們的關係如同每次只能打開到一定程度的房門，遲早必須修理。不僅如此，大人無法像小孩那樣忍受單調的遊戲。我們經歷的幾次幽會，就像疊在一起的紙牌，每張都是整齊劃一的同樣大小與厚度，始終一成不變。

而且在這樣的關係中，我徹底嘗到只有我懂的悖德的喜悅。那是比世間一般悖德還要微妙的悖德，是猶如精妙毒素的清白的惡德。由於我的本質、我的第一義是悖德，結果合乎道德的行為、光明磊落的男女往來、光明正大的手段、人們眼中德行高尚的人……這些東西反而用祕藏的悖德滋味、真正的惡魔滋味來討好我。

雖然我們彼此伸出手支撐著甚麼，但若你信它在它就在，信它不在它就會消失，是一種類似氣體的物質。支撐它的作業乍看簡單，其實是需要精密計算的結果。我讓那個空間出現人為的「正常」，引誘園子在每一瞬間支撐幾乎是虛擬的「愛」，進行這項危險作業。她看似在不知情的情況下協助參與了這個陰謀。可以說，正因為不知情，所以她的協助才有效。但是等時間久了，園子就會隱約感到這難以名狀的危險，和世間一般粗雜的危險完全不同，具有正確密度的危險難以擺脫的力量。

晚夏的某一天，我和從高原避暑地回來的園子在「金雞」餐廳見面。一見面，我就立刻告訴她我辭去公職的經過。

「那你今後打算做甚麼？」

「順其自然吧。」

「真誇張。」

她沒有再繼續追問。我們之間已形成這種規矩。

被高原的陽光曬黑，園子的肌膚失去胸前那耀眼的白皙。戒指上過大的珍珠因為天氣熱，看似憂鬱地失去光澤。她高亢的聲音本是摻雜哀切與倦怠的音樂，但是聽來和這個季節很搭調。

我們繼續了一會毫無意義、徒然在原地打轉的不認真對話。或許是因為天氣熱，有時會感到對話非常空洞。就像在聽他人對話。就像快要睡醒時，不願從美夢中醒來，還想再睡的煩躁努力，反而更加不可能重回夢中。我發現那種厚著臉皮裝傻闖入的覺醒的不安，那種快醒來時的夢境的虛無歡愉，就像某種惡質的病菌侵蝕我們的心。病魔彷彿約好似的，幾乎同時來到我們的心中。那反而讓我們變得更快活。我們就像被對方的話語緊追不放，你一言我一語地互開玩笑。

園子優雅高聳的髮型下，雖因曬黑減少幾分靜謐氣質，但稚氣的眉毛和水汪汪的眼睛，看似有點沉重的嘴唇，都一如往昔泛著沉靜。餐廳的女客從桌旁走過時好奇地看她。服務生捧著用大型冰雕天鵝的背部盛裝冰品的銀盤走來。她用戴著晶亮戒指的手指輕輕喀的一聲扣上塑膠做的手提包扣環。

「已經覺得無聊了？」

「我不喜歡你講這種話。」

她的聲調聽來蘊含某種不可思議的倦怠。將之稱為「嬌豔」亦無不可。

她的視線移向窗外的夏日街景。緩緩說道，

「有時我會忽然有點糊塗。這樣見面究竟是為什麼？可我還是繼續來見你。」

「因為至少不是無意義的減法吧。儘管那肯定也是無意義的加法。」

「我可是有丈夫的人。就算是無意義的加法，也沒有加法的餘地了。」

「好死板的數學。」

我當下醒悟，園子終於來到懷疑的門口。她開始感到只開一半的房門不能就這麼放任不管了。如今這種一絲不苟的敏感，或許占據我和園子之間的共鳴的絕大部分。我離那種能夠讓一切保持現狀的年齡畢竟還太遠。

但我難以名狀的不安還是不知不覺傳染給園子，而且或許只有這種不安是我們唯一共有的東西——這個事態突然擺明了送到我眼前。園子還在這麼說。我不想聽，但我的嘴巴逕自輕佻地回答。

「你可想過如果再這樣下去會有何下場？你不覺得會被逼到進退兩難的地步？」

「我尊敬妳，也自認無愧於任何人。朋友見見面有何不可？」

「過去是這樣沒錯。的確如你所言。我認為你很了不起。但今後的事情就難說了。明明沒有做任何虧心事，我卻動輒做惡夢。那種時候，我總覺得是神明在懲罰我未來的罪過。」

「未來」這個字眼的明確聲響令我戰慄。

「我覺得再這樣下去，遲早會演變成讓彼此痛苦的下場。如果等到痛苦才想解決豈不為時已晚？我們現在的行為，不就等於在玩火嗎？」

「妳認為玩火是做甚麼事？」

「那當然有很多種。」

「我們這樣也算是玩火嗎？我倒覺得是玩水。」

她沒有笑。有時在對話的空檔甚至緊抿著唇往下撇。

「我最近開始覺得自己是個可怕的女人。我怎麼想都覺得自己是在精神上已玷汙的壞女人。就算是做夢也絕對不該夢見丈夫之外的人。我已決定今年秋天受洗。」

我在園子半是自我陶醉的這番倦怠的告白中，揣測她就像一般女人愛說反話的心態，偏要說出不該說的話的那種無意識的欲求。我無權為之欣喜，也沒資格悲傷。基本上我對她丈夫本就毫不嫉妒，但這種資格或權利，我又如何能夠去左右、否定或肯定？我陷入沉默。炎夏中，看著自己蒼白孱弱的雙手令我絕望。

「現在呢？」

「現在？」

她垂下眼簾。

「現在妳在想誰？」

「……當然是我先生。」

「那妳根本沒必要受洗嘛。」

「有必要……我害怕。我覺得自己還在嚴重地搖擺不定。」

「那麼現在呢？」

「現在？」

彷彿不知是對誰發問，園子抬起認真的視線。這雙眸之美極為稀有。那是永遠在歌頌清泉似的感情流露，深邃的、眨也不眨的宿命性雙眸。面對這雙明眸，我總是啞然。我把剛點燃的香菸猛然摁進遠處的菸灰缸。細長的花瓶頓時翻倒，水灑在桌面。

服務生過來收拾。看著被水浸濕發皺的桌布被擦拭，讓我們滿心不是滋味。索性趁此機會提早走出店內。夏日街頭雜沓得令人心煩。昂首挺胸的健康情侶裸露手臂走過。我們感到來自一切事物的侮蔑。侮蔑如夏日的熾熱陽光燒灼我。

再過三十分鐘就到了我們分手的時刻。很難正確斷言那是來自離別的痛苦，但某種會被誤認為熱情的負面性神經焦慮，令我很想把這三十分鐘用油畫顏料般濃厚的塗料徹底塗抹。我在擴音器朝街道四處散播走調的倫巴舞曲的舞廳前駐足。因為昔日讀過的詩句驀然浮現心頭。

……然而即便如此，

那是永無終止的舞蹈。

其他的句子我忘了。只記得是安德烈．薩蒙[53]的詩句。園子點點頭，隨我走向不熟悉的舞廳，跳那三十分鐘的舞蹈。

自行將辦公室午休時間延長一兩小時繼續跳舞的常客令舞場很混雜。熱氣撲面而來。本就簡陋的換氣設備，加上遮光的厚重窗簾，令場內淤積滯悶的暑氣，燈光映出迷離如霧的塵埃混濁游移。揮灑著汗臭味、廉價香水和廉價髮油的氣味照樣泰然自若跳舞的舞客，可想而知會是哪種人。我很後悔把園子帶來這裡。

然而如今的我已無法回頭。我們意興闌珊地撥開跳舞的人群走進去。四處雖有電風扇，也沒吹來像樣的風。舞女和穿著夏威夷花襯衫的年輕人汗濕的額頭相貼共舞。舞女的鼻翼發黑，白粉混著汗珠看似疙瘩。舞裙的背部比剛才的桌布更骯髒潮濕。才跳了沒一會，汗水就沿著胸膛滑落。園子快窒息似地吐出短促的呼吸。

我們想去外面透氣，穿過不合季節的假花圍繞的拱門來到中庭，在簡陋的椅子坐下休息。這裡雖有新鮮的戶外空氣，但水泥地反射陽光，連陰影中的椅子都被強烈的熱氣籠罩。可樂的甜味黏在嘴裡。我感到來自一切的侮蔑

53 安德烈・薩蒙（André Salmon，1881-1969），法國詩人、藝評家。

之痛，那似乎令園子也沉默了。我再也受不了這沉默的時間推移，目光移向我們的周遭。

一個胖女孩拿手絹朝胸口搧風，懶洋洋地靠著牆。搖擺樂團正在演奏氣勢十足的快步舞曲。中庭的盆栽冷杉，在龜裂的泥土上歪斜生長。遮陽棚下的椅子客滿，但陽光下的椅子沒人坐。

不過唯有一組，占據那陽光下的椅子旁若無人地大聲談笑，是兩個女孩和兩個年輕人。其中一個女孩用生澀的動作裝模作樣地抽菸，每次都會小聲悶咳。兩個女孩都穿著看似浴衣做成的古怪洋裝露出手膀子。猶如漁夫女兒的通紅手臂上，到處有蚊蟲叮咬的痕跡。對於年輕人粗鄙的玩笑，她們一再對視，噗哧笑出來。任由強烈的夏日陽光灑落頭髮似乎也毫不在意。其中一名年輕人的神情有點蒼白陰險，穿著夏威夷衫。但是他的手臂粗壯，不時有猥瑣的笑容在嘴角浮現，指尖戳著女人的胸脯逗對方發笑。

另一人吸引了我的視線。這人年約二十二、三歲，雖然粗野，但微黑的臉蛋相當俊俏。他裸著上半身，把汗濕的淺灰色肚圍重新纏在肚子上。不時加入同夥的對話跟著笑，同時刻意慢吞吞地纏裹肚圍。裸露的胸膛呈現肌肉緊實的隆起，深刻立體的肌肉線條從胸部中央一路延伸到腹部。側腰如粗大繩結的成串肉塊從左右往中央收縮糾結。那光滑且具有熾熱質量的胴體，被微髒的肚圍緊緊纏繞一圈又一圈。曬黑的半裸肩膀像塗了油似的閃閃發亮。腋窩底下冒出濃密黑毛，在陽光下捲曲發出金光。

看到這一幕，尤其是那緊實手臂上的牡丹刺青，我頓時萌生情慾。我的熱烈注視，膠著在這粗俗野蠻卻又美麗得無與倫比的肉體上。他在太陽下歡笑。昂首挺胸時，可以看見粗大隆起的喉結。古怪的悸動竄過我心底。我的目光再也離不開他身上。

我忘了園子的存在。我只有一個念頭——我想像他那樣光著上身在盛夏走上街頭和其他的地痞流氓打架。銳利的匕首穿透那肚圍刺進他的胴體。骯髒的肚圍被鮮血美麗地妝點。他血淋淋的屍體放在門板上又被抬來這裡。……

「還剩五分鐘。」

園子高亢哀切的聲音貫穿我的耳朵。我不可思議地朝園子轉頭。

這一瞬間，我內心被某種殘酷的力量撕成兩半。就像閃電活生生劈開樹木。我聽見我過去嘔心瀝血堆積成的建築物悲慘崩塌的聲音。我彷彿看見我這個存在被某種可怕的「不在」取代的剎那。我閉上眼，霎時之間，只能緊抓著凍結似的義務觀念。

「只剩五分鐘啊。帶妳來這種地方真抱歉。妳沒生氣吧？那種低俗傢伙的低俗打扮，不該讓妳這樣的人看到。據說這裡的舞場沒有好好擺平黑道，所以儘管一再拒絕，那種人還是會來跳舞不給錢。」

但是看著那些人的只有我。她根本沒看。她受過良好的家教，不該看的東西絕對不看。她只是沒有一定焦距地望著那些旁觀跳舞的人汗流浹背的成排背影。

不過，現場的空氣似乎在不知不覺中讓園子的心也產生某種化學變化。之後她那謹慎的嘴角，就像要先用微笑嘗試著說出甚麼，浮現微笑的徵兆。

「我想問個奇怪的問題，你已經那個了吧？當然應該已經懂得那方面了吧。」

我已筋疲力盡。而且心中仍留有彈簧似的東西，間不容髮地讓我說出煞有其事的回答。

「嗯……懂了。很遺憾。」

「甚麼時候？」

「去年春天。」

「跟誰？」

——這優雅的質問令我驚愕。原來她只知將她聽過名字的女人和我聯想到一塊。

「名字不能說。」

「是誰？」

「別問了。」

或許是從過於露骨的哀求語調聽出言外之意，她在一瞬間吃驚地沉默了。我竭盡努力不讓她發現我的臉上漸失血色。我們迫不及待等著道別的時刻。俗氣的慢四步舞曲反覆磨蹭時間。我們在擴音器傳來的傷感歌聲中動也不動。

我和園子幾乎同時看手錶。

——時間到了。我起身時，再次朝陽光下的椅子那邊偷看。那群人似乎去跳舞了，空蕩蕩的椅子放置在燦爛的陽光中，桌上灑出來的某種飲料，閃爍爍發出強烈的反光。

一九四九年四月二十七日

假面的告白

作　者　三島由紀夫
譯　者　劉子倩
主　編　呂佳昀

總編輯　李映慧
執行長　陳旭華（steve@bookrep.com.tw）

出　版　大牌出版 / 遠足文化事業股份有限公司
發　行　遠足文化事業股份有限公司（讀書共和國出版集團）
地　址　23141 新北市新店區民權路 108-2 號 9 樓
電　話　+886- 2- 2218-1417
郵撥帳號　19504465 遠足文化事業股份有限公司

封面設計　Bianco Tsai
排　版　新鑫電腦排版工作室
印　製　成陽印刷股份有限公司
法律顧問　華洋法律事務所　蘇文生律師

定　價　360 元
初　版　2021 年 7 月
二　版　2024 年 5 月

電子書 E-ISBN
9786267378854（EPUB）
9786267378861（PDF）

國家圖書館出版品預行編目資料

假面的告白 / 三島由紀夫 著 ; 劉子倩 譯 . -- 二版 . -- 新北市 :
大牌出版 ; 遠足文化事業股份有限公司 , 2024.05
256 面 ; 13×18.6 公分

ISBN 978-626-7378-89-2 (平裝)

861.57　　113004705